僕は青筋を立てないように
表情筋を固めながら、
彼女から下賜されたパフェを有難ーくいただく。
救世主に呪いあれ。
JN031035
カップル限定
アイスパフェ
Event

「海の夕陽って綺麗だね」

「最期に思い出す景色って
こういうのかな？」

夏。海。夕陽──

Event

「もっと綺麗な景色を
みられるかもしれないしね！
あと七ヶ月くらいしかないけど！」
「でも……
たぶん、今日のこの夕陽を私は忘れない」

――アイツだ！――アイツだ！――アイツだ！
――生きていた――死んでいなかった！
最強の影遣い VS 嗤う罪華
Event

——仇が——
僕から全てを奪ったバケモノが
——僕の復讐が！

CONTENTS

WELL, I'LL BE DEAD IN ONE YEAR.

私、救世主なんだ。
まぁ、一年後には死んでるんだけどね

なめこ印

ファンタジア文庫

3221

口絵・本文イラスト　珀石碧

私、救世主なんだ。まぁ、一年後には死んでるんだけどね

CHARACTER

影山燐
Rin Kageyama

毎夜人類の敵・罪華を狩り続ける最強の影遣い。

神代風花
Fuka Kamishiro

人類を救うため、一年後に死ぬ『救世主』。クラスメイトの影山燐に告白し、最期の一年をともに過ごす。

アネモネ
Anemone

戦闘時の燐の相棒。多くの異能でサポートをする。

DICTIONARY

罪華（ざいか）

人の罪が産み出した、人を滅ぼす存在。

聖墓機関（ゴルゴダ）

罪華から人類を救うための組織。

背神者（イスカリオテ）

聖墓機関に所属する能力者。特に強い13人を十三使徒と呼ぶ。

WELL, I'LL BE DEAD IN ONE YEAR.

序章
―彼女が死ぬまであと×××日―

WELL, I'LL BE DEAD IN
ONE YEAR.

——神代風花（かみしろふうか）は救世主である。

「ねぇ、燐（りん）には将来の夢ってある？」

ある日、彼女にそう訊（き）かれた。

その時の彼女の表情は思い出せない。

逆光で見えなかっただけかもしれない。

季節は春か、もしくは初夏だったと思う。

場所は放課後の教室で、だいぶ陽が傾いて西日が差していた。

あの茜色（あかねいろ）に染まった教室には、僕と彼女以外に誰もいなかった。

何で遅い時間までふたりで居残っていたのかといえば……確か、僕が学級日誌の『一日の感想』を書くのに苦戦していたからだ。

ほんの五行の空欄を埋められずに苦悩する僕を、彼女はたまに冷やかしながらずっとスマホをイジッていた。

しかし、それにも飽きたらしい彼女が口にしたのが先程の質問だった。

「急に何？」

「だーかーらー、将来の夢の話。聞いてなかった？」

僕が不機嫌な声で返事をしても、彼女は臆しもせず話を続けた。

口から先に生まれたんじゃないかってくらい、彼女はいつもよく喋（しゃべ）った。特に何も考えずに喋っているくせに言葉が途切れないのだから驚きだ。

まあとにかく彼女は用がなくてもよく話しかけてきた。

それが……僕には煩わしかった。

この時もそうだ。将来の夢？　そんなものない。強いて言うなら……。

「仇討（かたきう）ち……かな」

「うわ暗っ」

どうにか捻（ひね）り出した僕の答えに、彼女は間髪入れずダメ出しした。

「復讐（ふくしゅう）なんて何も生まないよ？」

「だから？」

「だからも何も、じゃあ復讐って楽しいの？」

「別に」

「えーっ、もったいな！」

神代は大袈裟に肩を竦めた。

「つまんないなら辞めちゃえば？　それより人生楽しもうよ」

「生憎、ほかにやりたいこともないから」

「無趣味だね～」

いい加減カチンときて、僕は言い返した。

「そう言う君はどうなの？」

「私？　私はやりたいこと沢山あるよ。新作のゲーム全クリしたいし～、皆とカラオケでオールとか、原宿でも遊んでみたいし～、あっ旅行にもめっちゃ行きたい。京都とか沖縄とか北海道とか！　海外もいいな～。普通に海とか山でもいいし。水族館とか動物園とかも。夏休みに付き合ってもらうからね。学校行事なら文化祭とか、劇で主役やりたいな！」

彼女は指折り数えながらウキウキと話し続ける。

最初はうんざりしつつ聞いていたが……段々、不思議な気持ちになっていた。

「あとはお花見したいな。ナマの桜って見たことないし、来年こそは」

「無理じゃないかな」

僕は自分でも変に思うくらい硬い声で口を挟んだ。

「だって来年の春には君……死んでるだろ？」

「……ワハハッ、そんなの分かんないじゃーん」

彼女は大笑いしながらそっと自分の耳の裏を掻く。

それが彼女の嘘を吐く時のクセと知ったのはもっとずっとあとの話だ。

この時も彼女は嘘を吐いていた。

たとえ何があっても彼女が来年の桜を見ることは叶わない。

なぜなら彼女は救世主だから。

――救世主。

それは即ち、原罪の浄化機構。

彼女は人類の贖罪のために生まれた。

人の罪の具現『罪華』によって全てが穢れ堕ちる前に、彼女の命で世界を浄化しなければ人類は滅んでしまう。

僕――影山燐の任務は一年後、彼女に恙なく死んでもらうことだった。

第一章／表
—春暁—

WELL, I'LL BE DEAD IN
ONE YEAR.

あれは夏祭りの夜だった。

その日、僕ら四人家族がお祭りに行ったのは、妹がどうしても花火を観(み)たいと両親にせがんだからだった。

地元の夏祭りには沢山の屋台が出ていて、僕は妹とヨーヨー釣りやスーパーボール掬(すく)いをしたり、一緒にリンゴ飴(あめ)ややきそばを食べたりして、大いにお祭りを楽しんだ。

しかし、人混みに酔ったのか妹の気分が悪くなってしまい、僕らは早めに帰宅することになった。

「花火……」

帰ると言われて最初大泣きしていた妹は、お父さんにおんぶされながら何度もお祭りの会場を振り返っていた。

それを見たお母さんが慰めるように妹の頭を撫(な)でる。

「今年は残念だったけど、また来年観に来ようね」

「……本当？　また来年花火観れる？」

「お父さんが頑張ってお休み取ってくれたらね～」

「ははっ、じゃあ約束破らないようにお仕事頑張らなきゃなー」

来年こそはきっと家族揃(そろ)って花火を観よう。

ほんの少しの苦い思い出と同時に結ばれたその小さな約束は——果たされることはなかった。

夏祭りからの帰り道、僕ら一家をバケモノが襲った。

鼻を突く甘いドブ川の臭い。

蕾と触腕を備えた食虫植物の如き外見。

そして、聞くに堪えない耳障りな泣き声。

「bhーbhーbhー」

この時はまだ『罪華』がどういうモノか知らなかったが、それでも本能的な恐怖を揺さぶるには十分だった。

「うわっ！　な、何だこれ⁉」

「あなた！」

最初に、妹を庇ったお父さんが頭から喰われた。

「イヤッ……！　ふたりとも逃げて！」

次に、罪華の触腕に捕まったお母さんが絞め殺された。

「お兄ちゃっ……」

「こっちだ！　早く！」

僕は妹の手を引いて、暗い夜道を闇雲に逃げた……けれど。

「あっ……！」

急いで手を引っ張ったせいで、妹が何かに躓（つまず）き、しかも転んだ拍子に僕はその小さな手を離してしまった。

「っ⁉」

勢い余った僕は慌てて足でブレーキをかけ、すぐに妹の元へ戻ろうとしたが――

「ヒッ！」

――小さな悲鳴だけを残し、薄暗がりの中にぼんやり見えていた妹の姿が暗黒の闇の奥へと呑（の）まれていった。

そして……パキッ……ぐじゅっ……と、何かが折れる音や潰れる音が聞こえてきて、もう妹の声は二度と聞こえてこなかった。

「……ぁ」

その意味を理解したくなくて、僕はその場で思考停止に陥る。

妹を助けに行くことも、そこから逃げることもできず、僕はまばたきもせず何も見えない闇を見つめていた。

「bhーbhーbhー」

やがて醜いバケモノが再び泣き声を上げながら現れた。

半欠けの頭部と千切れた脚を触腕で引きずりながら。

「あっ……あぁ……」

視神経から垂れ下がった妹の残りの目と目が合い、子供の僕は恐怖で頭がおかしくなってしまった。

殆(ほとん)ど錯乱状態だったのだろうが、それからしばらく記憶が飛ぶ。


次に意識を取り戻した時には見知らぬ病院のベッドの上だった。

目を覚ました僕は医者にいろいろと検査されたが、それも半ば夢現(ゆめうつつ)で現実感を伴っていなかったと思う。

そうしてまた……たぶん二、三週間ほど経(た)った頃——ある男が僕の元を訪ねてきた。

「君が影山燐(かげやまりん)君だね」

すでに総白髪の年齢でありながら老いを感じさせない体軀(たいく)の男は、初対面の子供に対しても鋭い眼光のまま話しかけてきた。

「話すべきことは多々あるが、まず問おう——」

名乗りもしないその男は仏頂面のまま、子供の僕に静かな口調でこう問うた。

「――家族の仇を討ちたくないか？」

その言葉を聞いた瞬間。

「ッッッッ」

昏い炎が腹の底に冷たく灯った。

それは腸を食い破るような勢いでまたたく間に全身に燃え広がると、目を覚ましてからずっと朦朧としていた僕の意識を覚醒させた。

同時に、あの日から無意識に封じていた光景が脳裏に蘇る。

上半身を一噛みで喰われたお父さん。

首と胴を触腕で絞め潰されたお母さん。

全身をグチャグチャに解体にされた妹。

そして――僕から全てを奪った醜いバケモノ。

「殺し、たい……！」

僕は震えるノドから声を絞り出しながら男を見上げて言った。

「アイツらに……アイツらを同じ目に遭わせてやりたいッ！　僕にできるんだったら、どんなことでもする……！」

「なら、私と来なさい」

それを聞いた男は小さく頷(うなず)いた。

「罪華に襲われ生き延びた君は、神の条理から外れた異能を宿している。その力の使い方を我々が教えてあげよう」

「……アンタ、誰？」

今頃になって僕は尋ねた。

「私の名は天王寺雨月(てんのうじうげつ)。あのバケモノから人類を救う組織の者だ。組織の名は——」

——こうして、僕は救世組織『聖墓機関(ゴルゴダ)』の能力者『背神者(イスカリオテ)』となり、罪華への復讐(ふくしゅう)を誓ったのだった。

△

「……う」

昼休みに教室で居眠りをしていた僕は悪夢で目を覚ました。

十年前の夢なんて久しぶりに見た……。

最低に厭な気分だ。制服の下が冷や汗で気持ち悪い。

「ハハッ！　何だよそれー」

「だからさー」

首筋の汗を拭う僕の耳に、教室内のくだらない雑談が飛び込んでくる。

「ねむ……」

僕は欠伸を噛み殺す。

昨夜は罪華の討伐が長引いた。東京湾で大発生した奴らを朝まで狩っていた。そのせいでこちらは一睡もしていない。

できれば午後の授業前に一眠りしたかったが、今からもう一度寝るのは難しそうだ。

せめて他人に話しかけられないように窓の外を見る。それでも鍛え上げた聴力は周囲の声をどうしても拾ってしまう。昨日のテレビがどうとか、数学の宿題がどうとか。

「……」

早く放課後にならないかな。

昔から学校は大の苦手だ。皆が喋くる昼休みは、特に……何の興味も持てない雑音は、罪華の泣き声の次に耳障りで鬱陶しい。

「──燐」

「……」

いや訂正。

もっと鬱陶しいものがあった――この女だ。

「ちょっと燐、聞いてるー？」

「何？」

窓の外から視線を教室内に戻すと、銀髪の女――神代風花はスマホをズズイッと僕の眼前に突き出してきた。

「ねねっ、放課後スイパラにアイス食べ行こ」

スマホの画面にはスイーツパラダイスのホームページが映り、そこには『夏直前サマーフェア開催』とカラフルでポップな文字が躍っていた。

正直死ぬほど行きたくない。

「ひとりで勝手に行ってきてくれない？」

「却下。私、このカップル限定メニューが食べたいし」

「うーわ」

「何その反応？」

「別に」

「もー嫌そうな顔しないでよー。いちおう、君は私の彼氏なんだから」

「……」

神代風花の護衛兼彼氏役——それが聖墓機関から与えられた僕の新しい任務。

聖墓機関は救世主の願いを叶え、人類を救うために存在する。そこに所属する僕には彼女の願いを全て叶える義務があった。クソッタレ。

「はいはい、了解しました。どこへでもお付き合いしますよ」

「オッケー。ふたりとも一、燐も行くってー！」

僕が頷いたのを確認すると、神代は教室の反対側に向かって手を振った。

そちらにいたのは彼女の友達である長瀬真琴と朝霧花恋。日に焼けた肌が抜群に似合う長身女が長瀬で、シールでデコッたマスクのミニマム女が朝霧だ。

この学年の名物凸凹コンビである彼女たちは、手を振る神代に対し「了解」とばかりに親指を立てている。

「待った。君と僕だけじゃないの？」

「そうだよー。別にいいっしょ？」

僕が慌てて神代の肩を摑んで確認すると、彼女はあっけらかんと頷く。

「いや、男女比考えてくれない？」

「じゃあ燐も男子呼んでいいよ」

「普通に不可能なんだけど？」

そんな気軽に呼べる友達なんて作ってない。

「なら諦めて女子三人とアイス食べに行くしかないね」

「あのさあ……」

僕が睨むと、彼女はむしろ口角を吊り上げる。

「じゃっ、そゆことでー。放課後あけといてねー」

手をひらひらさせながら去っていく彼女の背中をもう一度睨みつけ、僕は乱暴に椅子に腰を下ろす……が、我慢しきれず机に顔を突っ伏して呻いた。

「あああ〜〜」

今すぐ彼氏役なんて辞めたい。

何で僕がこんな目に。

それもこれも……あの春の終わりに、彼女に告白されたせいだ。

△

「あのね、私と付き合って欲しいの」

すでに花を散らした桜の木の下で、僕は神代風花から告白を受けていた。

美しい銀の髪を背中まで伸ばした目鼻立ちの整った女だった。手足は長く、肌は白く、均整の取れたスタイルを新品の制服で包んでいる。

その恐ろしく完璧な容姿は、まるで誰かが図面を引いて一から丁寧に組み上げた人形のようだった。

そんな彼女に放課後、体育館裏に連れ込まれて告白された。

普通の男子高校生なら心躍るシチュエーションかもしれない……が。

「…………は？」

しかし、僕はその告白をただただ訝しむことしかできなかった。

それはそうだ。なにしろ、僕と彼女は今日が初対面だったのだから。

「定番のボケと勘違いしてたら悲しいから念のため確認するけど、買い物に付き合ってとかそういうんじゃないよね？」

「違う違う」

僕の冗談めかした質問を神代はクスクスと笑った。

「君に私の恋人になって欲しいってこと」

「……えっと、一回状況を整理させて欲しいんだけど」

「うん？」

「君って今日ウチに転校してきたばかりだよね？」

「そうだね。ついでに言うと席は君のお隣さん」

「そう、そのせいで先生から君の学校案内を頼まれた」

「マジで嫌そうな顔してたよね」

「気づいてたんだ……で、放課後に学校を一周して帰ろうとしたら、君が急に体育館裏に来たいって言い出したんだ」

「屋上は鍵かかってたからさ。どうせ告白するならシチュにも拘りたかったし」

「いや、だから僕たち今日が初対面だよね？　半日顔を合わせただけで告白されても脈絡がなさすぎるんだけど？」

彼女のよく回る舌に辟易しながら僕はやや刺々しい口調で言い返した。

これで結局タチの悪い冗談だったと言われたら、明日から完璧に無視しようと思っていた……が、なぜか彼女はきょとんと目を丸くしていた。

「初対面って……ワハハッ！　マジ!?　スッゴい！　君、どれだけ私に興味ないの？」

「は？」

突然お腹(なか)を抱えて笑い出した彼女に、僕はますます困惑する。

とりあえず笑われてるのは腹立つな——と、その時背後に殺気を感じた。

「いい加減にしなさい。影山燐」

「!?」

その声に慌てて振り返ると、そこにはクラスメイトの黒鉄牡丹(くろがねぼたん)が立っていた。

彼女は僕と同じ聖墓機関に所属する背神者の鉄遣いだ。丁寧に切り揃(そろ)えられた黒髪や銀フレームの眼鏡が周囲にお堅い印象を与えている。実際、自他に厳しくキツめの性格で、正直僕とはウマが合わない。

そのため今日まで喋ったこともなかったのだが……それがなぜ、こんな唐突に殺意マシマシの眼光で睨まれなきゃならないんだ？

「あっ牡丹ちゃん」

と、神代が黒鉄を見て軽く手を振る。

すると彼女は突然その場に跪(ひざまず)き、やたらと気安い態度の転校生に向かって恭(うやうや)しく頭(こうべ)を垂れた。

そして。

「救世主様」

「⁉」

黒鉄が口にした尊称を聞き、今度は僕が目を丸くする番だった。

聖墓機関（ゴルゴダ）に所属する以上、さすがにその名が持つ意味は理解している。

だけど、この神代風花がその救世主……？　俄（にわか）には信じられない。

「もーそんなに見られると照れるよ？」

「……本当に君が例の救世主なのか？」

「実はそうらしいんだよね。君はどう思う？」

「信じられない」

「ワハハッ、私もー」

まるで箸が転がったのを見た女子高生みたいに、神代はずっと笑いっぱなしだ。

これが本当に人類を救う要なのか？

「ていうか影山君さ、マジで私に見覚えないの？　組織の集会とかで顔くらい見せてると思うんだけど、全然記憶にない？」

「……まったく」

集会には出てるし、たぶん救世主を見たことはあると思う。ただ興味がなかったので顔を覚えてなかっただけだ。

「ワハハッ！　救世主の顔も覚えてない背神者とかはじめて見た！」

そんな笑うことか？

若干バカにされてる気もするが、彼女の表情からは特に悪意などは感じ取れなかった。純粋に僕が彼女を知らないことがおもしろくて仕方ないといった感じ……それのどこがそんなにおもしろいのかは理解できないが。

「影山燐。さっきから何ですかその態度は？　救世主様に対して不敬ですよ」

そうして僕が首を傾げていると、眉間に皺を寄せた黒鉄が横から口を挟んできた。

そんなこと言われてもこっちはまだ混乱しているのだが……まあ確かに立場上、救世主には敬語くらい使うべきかもしれない。面倒だが。

「失礼しました。以後気をつけ……」

「あーあーあー、それちょっと待って」

「？」

僕が今までの態度を詫びようとした時、当の本人から待ったがかかった。

「影山君は敬語ナシでいいから。さっきみたいに普通に話して」

「……いいんですか？」

言いながら僕は黒鉄の顔をチラリと見る。

黒鉄はそれはもう苦虫を噛み潰したような顔で「断れ！」と訴えてきている……が。

「牡丹ちゃんもいいよね？」

「……救世主様がそう仰るのであれば」

「……ッ」

結局は神代の意向が優先されるようで、黒鉄は渋々と引き下がった。

正直まだちょっと信じられないが、黒鉄は冗談を言うタイプではないし、よくよく周囲を探ってみると隠れた人間の気配が複数ある。おそらく神代の護衛だろう。

つまりこの女が本物の救世主……。

「……」

聖墓機関において救世主は特別な存在だ。

どのくらい特別か極論を言ってしまえば、この組織は彼女のためだけに存在する。

それも全ては世界を救うため。

こう書くとギャグのようだが、残念ながら大マジだ。

なぜなら、そうしないと世界がもうすぐ滅ぶから。

その原因は罪華。

罪華とは人の罪が産み出した穢れだ。奴らが発生する度に地上には穢れが溜まり、やがて世界は穢れ堕ちて滅びを迎える。

厄介なのは発生した罪華を殺しても、その死骸から穢れが大地に染み込むのを防げないことにある。背神者が奴らを狩るのはあくまで人的被害を抑えるためだ。

大地を膿ませる穢れの完全な浄化は救世主の命と引き替えでしかできない。

さらにその力の発動は彼女の自由意志に委ねられているのだ。

強制することは不可能で、洗脳や脅迫も論外。

彼女には彼女自身の意志で、自ら世界を救うために死んでもらわなければならない。

そのために組織は彼女が欲しがる物は全て与え、望んだことは何でも叶えてきた。

それもこれも彼女に人類を好きになってもらうため——それこそ皆のために死んでもいいと言ってもらえるように。

そして、その義務は組織に属する僕にも当然課される。

つまり……何が言いたいのかというと。

「……はぁ」

僕に彼女の告白を断る権利など、最初からなかったというわけだ。

とはいえ、その前に少し確認しておきたいこともある。

「あのさ、質問いいかな?」

「質問？　いいよー」

「結局、何で僕に告白したの？」

「直球～。でもまあ気になるよね～」

神代は戯けてみせ、ちょっと考える素振りを見せる。

「まあ、ひと言で言うなら青春がしたいって感じ？」

「青春？」

「恋とか遊びとか、とにかく楽しいこと……で！　花の女子高生が青春を謳歌するには彼氏が必須でしょ？」

「そんな必須条件聞いたことないけど……」

嫌な予感がしてきた僕は露骨に顰めっ面をした。

しかし、神代は――この偉大なる救世主様は僕の表情など気にも留めず、ニヤリと口角を吊り上げた。

「というわけで、君はその彼氏役に選ばれましたー。おめでとー、パチパチパチー」

何がおめでとうなのか全然分からない。

相変わらず僕が仏頂面をしていると、さすがの彼女も苦笑いして肩を竦めた。

「……まっ！　私も来年には十七だし。最期に青春を楽しみたいの。一年後には死んじゃうけどさ、それまで私に付き合ってくれない？」

どこかあっけらかんとして彼女は言う。

「……待った。来年十七？　僕と同級生のはずじゃ？」

「本当はひとつ年下なの。爺に頼んで高二ってことにしてもらったけど」

「爺？」

「雨月爺ちゃん」

総司令をそんな風に呼ぶ奴はじめて見た。

しかし、もうこれでこれが総司令公認の任務であることも確定した。帰ったら人選の変更を上層部に嘆願しようと思っていたが、すでに逃げ道は断たれていたようだ。

「で、返事は？」

彼女は上目遣いに僕を見つめながら手を差し出してくる。

そんなあざとい仕草をしなくても、答えは決まっているのに……僕はため息を堪えながら彼女の手を握った。

「僕でよければ、喜んで」

△

そうして僕は神代風花の『恋人』になり、約一ヶ月が経った。

彼女ときたら世間知らずのくせに好奇心だけは旺盛で、何でも見たがり聞きたがりやりたがりだった。放課後に寄り道をしない日はなく、週末は必ずどこかへ出かける。僕はそれに付き合わされる日々だ。

そして、今日も今日とて彼女の勅命を受け、ひとりなら絶対入ることのないスイパラに初入店をかます羽目に遭っていた。しかも四人掛けのテーブルに僕以外全員女という、現実で見るタイプの悪夢つきだ。

「私たちはもう決まってるから～。真琴と花恋は何にする？」

「私はパンケーキにしよっかな？　アイス載ってる奴」

「プリンアイス一択」

「……」

どうやらこの状況に居心地の悪さを覚えてるのは僕だけらしく、彼女らはメニュー表を広げて楽しく談笑している。

「……」

最初から選択肢のない僕はメニュー表を見るでもなく、適当にコップの水に口をつける。まだ入って五分も経ってないが早くも帰りたくなってきた。

僕がこんなに気まずい思いをしてるのは何も男女比率の差だけではなくて、周囲から集まる視線のせいでもあった。

長瀬と朝霧もそうだが、神代の容姿は世間一般の価値観で見たら相当なハイレベルだ。

特に目を引くのは、やはり純天然の銀髪だろう。ファッションの多様性が広まりつつある日本でもかなりめだつ。しかもその他、顔や体のパーツも髪の美しさに見劣りしない造形をしているのだから、これで注目されない方が無理がある。

まあ、当の本人はまるで気にした様子もなく友達と駄弁(だべ)っているわけだが。

「よーし、それじゃボタン押すねー」

全員の注文が決まったところで神代が呼び出しボタンを押す。

店員はすぐテーブルまでやってくると、柔(にこ)やかに一礼してハンディを開く。

「お待たせしました。ご注文はお決まりですか？」

「このカップル限定アイスパフェくださーい」

「……ッ！」

彼女は注文を取りにきた店員に、ウッキウキな声でカップル限定メニューを頼む。しかもなぜか勝手に僕と腕を絡めて。肘にアレが当たるからやめてくれ。

「……ていうか、これ結構デカくない？　大丈夫？」

「ヘーキヘーキ。ふたりなら余裕っしょ」

と、メニュー表の写真を見て心配する僕に対し、彼女は余裕綽々な顔で頷いた。

それから全員の注文を聞き終えた店員が一礼して去ると、また彼女らは雑談に花を咲かせ始める。

「……」

僕は一抹の不安を覚えながら再び水をチビチビ飲む作業に戻った。

やがて、件のアイスパフェが僕らのテーブルに運ばれてきたのだが……。

「やっぱりデカくない？」

明らかに器の大きさが僕の顔より大きい。その上にパフェとアイスが山のように載っていて、トッピングもてんこ盛りだ。なんなら『富士山パフェ』という名前でこれを出されても違和感はなかったと思う。

「ふたりならイケるイケる」

実物を前にしても神代はまだ暢気にそう言ってスプーンを手に取る。

「それじゃ私は右から食べるから、燐は左からね」

彼女は手短に役割分担を決めると、早速一口目を口へ運ぶ。

「美味しい～。燐も早く食べなよー」

「……」

もしかして僕が過剰にビビってるだけなのか？

が、そこでふと長瀬の視線に気づいて顔を上げると、彼女は心底同情するような苦笑を浮かべ、口パクで「ファイト」と言った。

僕は心底帰りたいと思いながらパフェの左側を切り崩し始める。

それから二十分後。

「……うぷっ」

僕は生クリームとアイスの暴力に屈しそうになっていた。

「うーん、うーん」

ちなみに神代はアイスの食べすぎによる頭痛で半分ダウンしている。

この救世主、口ほどにもないな。

彼女の場合は純粋に自分の胃袋のキャパが分かってないんだろうけど。

いや、そんなこと言ってる場合じゃない。もうずっと口を動かしてるのに、目の前の山が全然減っている気がしない。スプーンで掘れども掘れどもアイスと生クリームとクッキーが不発弾みたいに出てくる。囚人の穴掘りか何かか？　勘弁してくれ。

と、僕が甘味料地獄に苦しめられていると、不意に彼女が肩を叩(たた)いてきた。

「何？」

「はい、アーン」

その小綺麗(こぎれい)な顔を生クリームの山にブチ込んでやろうか。

半ば本気で実行しかけたが、どうせ聖墓機関(ゴルゴダ)の職員や背神者(イスカリオテ)に店をぐるりと囲まれて監視されている。そんな真似(まね)をすれば後々ロクなことにならないだろう。

「……アーン」

僕は青筋を立てないように表情筋を固めながら、彼女から下賜(かし)されたパフェを有難(ありがた)ーくいただく。救世主に呪いあれ。

「ふたりとも、お店でイチャイチャしすぎじゃない？」

と、僕らのやり取りを観(み)ていた長瀬が冗談半分にからかってくる。

「ラブラブ～」

彼女の隣に座る朝霧もマスクの下の口元をニマニマさせている様子だった。

「羨ましかったら手伝ってくれてもいいんだけど？」

「絶対デブるからパス」

「右に同じ」

ダメ元で頼んでみたがやっぱり断られた。

彼女たちはその後もこちらを生温かい目で見守っている。

まあ、僕と神代の本当の関係を知らなければ、これも単なる恋人同士のじゃれ合いに見えてる……かもしれない。

結局、残りのパフェは僕ひとりで片づけた。

胃が爆発四散しそうだ。

「お疲れ燐！　頑張ったねー」

「頑張ったっていうか……素直に苦しい」

神代は後半まるで役立たずだった。あの「アーン」の時点ですでに限界だったらしい。

「最初はイケると思ったんだけどねー、完全に舐めてたね」

「次からは注文する前に無理って気づいてくれ」

「ワハハッ、次も頼りにしてるから」

まったく懲りてない様子で彼女は大口を開けて笑う。

これはまた何かに巻き込まれるな……。

僕が明日の我が身を憂いていると、神代の横を店員が通りすぎ——ようとして、テーブルの角に腰をぶつけるのが分かったので僕は先に動いた。

「おっと」

トレイから落ちたコップを空中でキャッチする。

当然、中身の水が神代の頭にかからないように気をつけて。

「え？……あ」

唐突な出来事に、コップを落とした当人の店員も顔をポカンとさせていた。

「すすすみません！　大丈夫でしたか!?」

しかし、数秒してハッとした店員はすぐさま平謝りしてくる。

「平気です。どうぞ、これ」

「あっ、ありがとうございます。お騒がせしました」

店員は僕からコップを受け取ると何度も頭を下げてから去っていく。

と、そこで今度は神代たちが急にパチパチパチと拍手を始めた。

「……何？」

「燐スゴーい！　何今の!?　速すぎて悲鳴上げる暇もなかったんだけど！」

「ナイス反射神経だね」

「いや、あれくらい別に……」

そんなに寄って集って褒められると反応に困る。

すると長瀬がおたついている僕に苦笑いして。

「私、風花に紹介されるまで影山君のことよく知らなかったけど、意外とスゴい特技あったんだね」

「フッフーン！　ドヤァ」

「いや、何で風花がどや顔するのさ」

長瀬は笑って神代にツッコミを入れる。

「もうすぐ一ヶ月記念だっけ？　ふたりが付き合って」

「だったかなー？　燐、今日で付き合って何日目？」

「いや、風花は覚えときなよ。こっちは転校初日に告ったたって聞いて『手ぇ早ッ』って驚いたんだから」

「ワハハッ、命短し恋せよ乙女ってね！」

「……」

真相を知ってる人間からすると笑えない冗談だな、今の。

「マンガみたい」

まあ、どっちにしろ僕は笑わなかったけど……さ。

△

それからもうしばらくスイパラで時間を潰し、僕らは駅前で長瀬たちと別れた。

僕らの帰宅先は同じ、駅近の一等地に建つタワーマンションだ。

普通に住もうとしたら目玉が飛び出る家賃になること請け合いだが、所有者も入居者も全員聖墓機関の関係者なのでその心配は必要ない。

ここは救世主を罪華から護るために建てられた現代の要塞だ。建物の基礎から屋根のタイル、さらには断熱材に至るまで特級相当の防法結界が織り込まれているらしい。それだけでなく各種センサーやカメラ、核シェルター並の防御施設など、各種最先端の科学技術も取り込んでいるとかなんとか。

「ここのエレベーターって相変わらずトロいよね～」

「……」

噂では国家予算の何パーセントかが投じられた建物に対し、神代はくだらない文句を垂れる。僕は心の中でため息を吐いた。

やがてパネルの階数表示が『13』になると、僕らを乗せた箱がチンと鳴る。

ここが僕と神代の部屋がある階だ。念のため断っておくとちゃんと別部屋である。さらにこの上下の階には名うての背神者が詰めており、そちらの面でも防備に手抜かりはない。

「じゃ、僕も今日はこれで」

「えーっ、待ってよー」

早々に自分の部屋に引き上げようとする僕の手首を彼女が摑む。

「まだ物足りないから、私の部屋でお話ししよ？」

「年頃の女子が異性を部屋に連れ込むのって、僕はどうかと思うな」

「私に手を出したら爺が黙ってないけど、その勇気があるならどうぞ？」

「……君のそういう自分をＶＩＰって理解してるところ、マジで厄介だよね」

「ワハハッ、分かってるなら観念しなって」

観念するしかなかった。世界に呪いあれ。

僕は神代に引きずられる形で彼女の部屋に連行された。

「何か匂うんだけど？」

「この前アロマ変えたの。てか女の子の部屋に匂うとか言うなー」

「はいはい」

ポカポカしてくる神代に謝り、僕は鞄をその辺に置く。

それにしても相変わらず無駄に広い部屋だ。リビングだけで僕の部屋がすっぽり収まる。ほかにも衣装部屋、ホームシアターなどが別にあるのだから贅沢だ。入ったことはないが、寝室のベッドも天蓋付きのクイーンサイズだとか。

「あー今日も楽しかったけど疲れたー」

神代は制服のタイを緩めながらシャツの裾を出し、靴下も脱いでソファにダイブして脚をパタパタさせる。

「燐～脚揉んで～」

「手を出す勇気がないからやめとくよ」

僕はソファの彼女から目を離し、適当に室内を見渡す。

と、見覚えのない本棚と大量のダンボール箱が目に留まった。

「あれ何？」

「んー？　ああ、最近嵌まった漫画と雑誌のバックナンバー。牡丹ちゃんが届けてくれたんじゃない？」

「ああそう」

背表紙を見た感じ、また少女向けの恋愛漫画だろうか。

彼女は漫画もそうだが、映画もドラマも恋愛物が好みのようだ。

あと本棚でめだつのはハイティーン向けのファッション誌だろうか。彼女が派手なメイクをしているところは見たことないが、恋愛相談のコーナーなどをよく読むらしい。

まあ、そういうのに興味がなければ恋人役なんて欲しがらないか。

「ちょっとー？　何でそんなところで突っ立ってるの？　こっちこっち」

ふと神代がボーッとしている僕に気づき、ソファの方へ手招きしてくる。

どうせ拒否権はないので、仕方なく僕は彼女の隣に座った。幸いソファも豪華でデカいので狭くはない……と思ったら、彼女がいきなり人の膝を枕代わりにしてきた。

「重いんだけど？」

「そんなわけないしー」

確かに実際は重くない。それはそれとして文句は言う。

結局彼女は頭はどかさず、そのままの姿勢でスマホをイジり始める。

こうして間近で見ると、やっぱり無駄に顔がいいな。これで中身がよければ僕の心労も少しは軽減されるんだけど。

「何してるの？」

「ラインの返事。真琴からー。夏休みに海行こーだって」

「そう。行ってらっしゃい」

「燐も来るのー」

「……人混みとか好きじゃないんだけど」

そう言ったところでどうせ連れて行かれるんだろう、きっと。

まったく、とんだブラック労働だ。

「そんなに嫌？」

露骨に顔に出ていたのか、神代がふとスマホから目を離して僕を見る。

「いーえ、これも任務なので」

「言い訳になってないし」

神代はクスクス笑う。

「燐ってホントおもしろいね。救世主（私）にも全然興味なさそーだし」

「実際興味がないし」

「うーわ傷つく～」

人の膝の上で彼女は静かに笑い転げる。

「燐はさー、私を使って罪華を滅ぼしたいって思わないの？」

「思わない」

「へぇー。組織にいる人って、皆そのために私に尽くしてくれてると思ってたけど」

「そういう人は多いんだろうね。ただ僕は自分の手で奴らを殺してやらないと気が済まないだけだから」

それに救世主が持つのは浄化の力だ。人類の罪を洗い流し、罪華をこの世から消滅させる……しかし、そんなやり方では僕は満足できない。

僕はできるだけ奴らを惨たらしく殺したいのだ。

妹が奴らにされたように。

「やっぱり変わってるよ、君」

「それはどうも」

彼女の言う通り、僕はだいぶ変わり者だろう。

でもこれはもう気持ちの問題だから、今更どうこう変えられるものではない。

それに。

「君の方こそ、だいぶ変人だと思うけど」

「どこが？」

「よく毎日笑ってられるよね」

半分疑問半分皮肉を込めて彼女に告げる。

僕が付き合わされたこの一ヶ月弱、彼女は散々に遊び倒し、毎日飽きもせずおもしろいことを探しては何事も楽しんで過ごしていた。

それはまあ結構なことなのだろう。

だが、彼女にとっての一ヶ月は余命のおよそ十二分の一だ。

日本人女性の平均寿命が八十七〜八歳……その十二分の一と考えたら、約七年分に相当する時間を消費したことになる。

復讐のために命を削っている僕が言えたことではないが、よくもまあ楽しそうに日々を過ごせるものだ。

「じたばた泣き喚いて死ぬより、どうせなら笑って死にたいじゃん？」

神代は肩を竦めながらサバサバとした口調で言う。

「死ぬのが怖くないんだ？」

「だって私がやらなきゃ皆死んじゃうんでしょ？　だったらもうやるしかないじゃん。こう見えても救世主ですし？　皆を救うために生まれちゃったみたいな……まっ！　その分たっぷりと見返りはもらうけどね。一生分の贅沢してから死んでやるんだから」

強かというか逞しいというか、彼女はニヤリと口の端を吊り上げる。

「そういうことだから、君も私が悔いなく死ねるようにちゃんと彼氏してよね」

「はいはい」

なんだかんだ冗談めかしつつ、彼女は救世主であることを受け入れてるようだ。

その点は組織にとって好材料だろう。興味はないと言ったが、僕だって人類滅亡の片棒は担（かつ）ぎたくない。余程のことがなければ任務を放り出すつもりはなかった。

「燐と話してたら思い出した！　ノート書かなきゃ」

と、唐突に彼女が飛び起き、床に放り出された鞄から一冊のノートを取り出す。

表にマジックで書かれた題名は――『救世主ノート』。

「相変わらずそれつけてるんだ。意外にマメだね」

「書いとかなきゃ忘れちゃうしね～。あと意外には余計だから」

神代が舌を出しながらパラパラと開いているそれの中には、彼女が死ぬまでにやりたいことが羅列してあるらしい。実際にやった項目にチェックを入れ、その感想を書き込むのだそうだ。

「『恋人っぽいものをイチャコラしながら食べる』もクリアーっと」

「君は途中でダウンしてたけどね」

「燐が完食してくれたからいーの。むしろそっちの方がポイント高い、みたいな？」

お陰でこっちは当分甘い物は見たくもないんだが？

というか……前々から疑問に思ってたけど。

「あのさ」

「んー？」

「どうして『恋人』に僕を選んだわけ？」

自分で言うのもなんだが、僕は相当つまらない人間だ。

最期（さいご）の一年を楽しく過ごすパートナーとしては、この上なく不適切じゃなかろうか？

彼女にそういう願望があるかはともかく、聖墓機関（ゴルゴダ）に頼めば逆ハーレムだって思うがままだろう。少なくともどんな選（え）り好みも許される立場に彼女はいる。

それがなぜよりによって僕なのか。

そこはわりと本気で謎だった。

「うーん、それはねー……」

神代は耳を掻（か）きながら数秒考えた後、

「顔がよかったから」

と、答えた。

「は？」

思わず素の声が出た。

ノート

「……僕よりいい男なんて星の数ほどいると思うけど？」

「いいじゃん別にー。ピンと来たのー」

どうやらまじめに答えるつもりがないらしい。

「まあ、人類のためと思って諦めて？」

「……はぁ」

誰だこの女を救世主とか言ったのは。殆ど悪魔じゃないか。

さっきは余程のことがなければと思ったが、今すぐこの立場を投げ出してしまいそうだ。

「ところで話は戻るんだけどさー。海って言ったらやっぱり水着だよねー。夏前に一緒に買いに行こっか」

「そんなの頼めば何百着でもここに届けてもらえるんじゃない？」

「分かってないなー。彼氏に選んでもらうのがいいんじゃん」

「ああそう」

その後も脱力するようなどうでもいい話に付き合わされ、気がつけば一時間、二時間と時が過ぎていた。

「悪いんだけど、もう時間だから解放してくれない？」

「え〜」

神代は不満そうな声を上げたが、案外おとなしく玄関まで見送ってくれた。

「こんな時間からお務めなんて背神者（イスカリオテ）って大変だね」

「罪華（ざいか）は夜に活動するから仕方ないんだよ」

それに君の恋人役よりは気が楽だし。

「あっ明日バケツプリン作るから手伝ってね」

「今日甘い物で吐きそうになったのもう忘れたの？」

「吐いてないから！」

「明日は食べるの手伝わないからね」

僕は適当に返事をしながら靴を履いて玄関の鍵を開ける。

「じゃっ頑張ってね～」

「はいはい。おやすみ」

見送る神代に軽く手を振り、僕は彼女の部屋を出た。

「――さて」

自分の部屋に戻った僕は肩の荷を下ろし、気持ちを切り替える。

やっと、夜になった。

罪華を殺せる時間だ。

第一章／裏
—夜影—

WELL, I'LL BE DEAD IN
ONE YEAR.

僕は昏く狭い路地裏を足音を立てずに進む。

深夜の路地裏はシンと静まり返り、人気は皆無だった。

掃除もロクにされていない道はゴミだらけで、吸い殻や生ゴミの臭いで空気も澱んでいる。

「ハァー……」

そんな路地裏の空気を、口元を隠すマフラー越しに吸う。

別にそれを快とも不快とも思わないが、その冷たさが僕にとってヒドく落ち着く、慣れ親しんだものであることは否めなかった。

少なくとも昼間の明るく温かな空気よりはずっと。ずっと。

「……hー」

その時、微かに泣き声が聞こえた。

「――」

同時に僕は汚れたアスファルトを蹴って走り出す。

複雑に入り組んだ路地裏を通り抜けて辿り着いた先に――それはいた。

「bhーbhーbhー」

――罪華(ざいか)。

ヘドロでできた食虫植物のような奇形の、人の罪が産んだ化け物。

この世に悪事を働いたことのない人間などいない。

働いていないとほざく奴(やつ)は単に忘れているだけだ。

だが本人が忘れたところで罪は決してなくならない。

忘却された罪は膿(うみ)のように人々の意識の底に溜(た)まり、やがて集合無意識の檻(おり)からも排泄(はいせつ)され、居場所を求めて地上へと浮き上がってくる。

そして、異形へと成り果てた罪華は夜になると人を襲うのだ。

「……ッ……助け……！」

罪華の触腕に搦(から)め捕られ手足を折り砕かれた女が、涙目で辛(かろ)うじて声を発する。

しかし、僕は罪華だけを見ていた。

「影よ」

僕は罪華の足下――その影を指差す。

そして、くいっと指を上へ向けると、奴の影が地面から浮き上がった。

あらゆる影を意のままに操る異能。

これが僕の背神者（イスカリオテ）である証（あかし）——一度罪華の瘴気（しょうき）を吸い、命を穢（けが）された者は神の理（ことわり）から外れてしまう。その時に植え付けられた憎悪（ぞうお）と精神的喪失が重なることで、背神者は人智（じんち）を超えた能力を手に入れる。

「『影法師（かげぼうし）』」

僕の指先に従うように、影は罪華の醜い体軀（たいく）を搦め捕り、触腕を縛り上げる。

「あっ……！」

触腕から解放された女が地面に転がり落ちた。

「——捻（ねじ）れろ」

呪いの言霊（ことだま）とともに、罪華は己の影に雑巾のように絞り上げられる。

「bhー……bh……ッ！」

最期まで耳障（みみざわ）りな泣き声を上げながら、限界を迎えた罪華はついに触腕ごと体が捻じ切れた。

文字通り千切れた罪華の肉片は路地裏のゴミと同類になる。

「……」

存在を保てなくなった罪華は放っておけば無に還（かえ）る。

念のため周辺を影で探るが奴らの気配はなく、僕は緊張を解いてズレたマフラーの位置を直す。

「あーっ！　燐様、見つけましたよ！」

その時、喧々とした少女の声が路地裏に響いた。

「アネモネ……」

僕がウンザリしながら振り返ると、缶ジュースを二本抱えた少女が立っていた。

彼女は僕の胸元にも満たない程度の背丈に、腰まで伸ばした長い赤髪が特徴的だ。まだ顔立ちには幼さを残しているが、将来は美人になりそうな雰囲気をしていた。

「もー勝手にひとりで行かないでください！　確かにオレンジにするかブドウにするかで迷いすぎた私もよくないですが……」

アネモネはプリプリと怒った顔で僕を咎めてくる……が、地面に倒れた女に気づくと一気に顔を真っ青にした。

「だだ大丈夫ですか⁉」

彼女は缶ジュースを僕に押しつけると、慌てて女の傍に駆け寄って膝を突く。折れた手足を見て痛ましそうに眉を寄せた。

「罪華に襲われていた。呑まれる寸前だったが意識ははっきりしていたから、まだ瘴気に精神は侵されていないと思う」

いく。

「……っ！」

僕が手短に状況を伝えると、アネモネは女の体に触れながら「痛みますか？」と尋ねて

「どうだ？」

「内臓はたぶん大丈夫だと思います。これなら治癒できそうです」

「そうか。ならやってやれ」

僕は頷きながらアネモネの肩に手を置いた。

彼女はサポート向きの異能を多く持つ。だがその異能は僕を介さなければ行使できない。

僕以外の他人を治癒する時は、僕が彼女に触れていなければならなかった。

そうした制約がある代わりに、彼女の異能は非常に強力だ。逆に言えば、だからこそ背神者でもないのに、僕の相棒として行動することを許されている。

本当は……彼女についてきて欲しくなどないのだが。

「……ふぅーっ、治りました」

やがて女の治癒を終え、アネモネがひと息つく。

折れていた女の手足は綺麗にくっついていた。細かい擦過傷なども治っていて、彼女の丁寧な仕事が見て取れる。

「う……」

とはいえ消耗した体力はすぐに戻るわけもなく、女はまだ立てそうにない。これならすぐに自力で移動するのは困難だろう。

「あとは聖墓機関（ゴルゴダ）の事後処理班に任せよう。行くぞ」

「えっ？　あっ、はい！」

僕はアネモネとともにその場を後にしようとする。

と。

「助……て……あり…がと…ぅ」

後ろから微かに女の声が聞こえた。

一瞬アネモネは振り返ろうとしたが、僕はその手を無理やり引っ張り、そのまま路地裏を進む。

適当な角をいくつか曲がり、再び人気（ひとけ）が失（う）せたところで汚れた室外機に腰を下ろした。

「ほら」

「えっ？　わわわっ！」

僕は預かっていた缶ジュースを彼女に返す。

「力を使って疲れただろ。少し休め」

「は……はい」

アネモネは頷き、室外機にハンカチを敷いて僕の隣に座る。

「燐様もどうぞ」

「お前が全部飲んでいい」

「二本も飲めません」

なら最初から一本にしろと言いたいが、元々僕の分も買ってきたのだろう。仕方ないので、僕は片方の缶を彼女から受け取った。

「……甘っ」

「燐様は甘いの苦手ですか？」

「別に」

僕は適当にジュースを胃へ流し込み、飲み終えた缶を潰す。

「さっきので何匹目だ？」

「えっと、今夜討伐した罪華は二十九体ですね」

アネモネはスマホの報告書作成用アプリを開きながら答える。

「……多いな」

時計を見てみると、現在は午前二時過ぎ。

罪華は救世主に惹かれる習性があり、背神者は彼女を中心として東京二十三区に配置されている。

僕の担当は新宿区。ここの罪華発生率は以前から高かったが、この時間帯に討伐数が三十に届きそうになるのは明らかに異常だ。単に僕が昔より強くなって沢山殺せるようになったとか、その程度では説明がつかないレベルである。

罪華の増加傾向……聖墓機関の者であれば懸念すべき事態だ。

けど正直、僕にとってはどうでもいい。

元々、僕は人助けに興味などない。組織に入ったのは、復讐のために異能を好きなだけ使うことができるからだ。

そんな僕からしてみれば、罪華が増えるのはむしろ……。

「先程の方は大丈夫でしょうか？」

その時、ふとアネモネが僕に尋ねるように呟く。

「怪我はお前が治しただろう。心配するな」

「ですが、怖い思いをしたばかりなのに、ひとりで置いてきてしまいました」

「すぐ事後処理班が来る。それに記憶処理も施すから、今夜のことはすぐ忘れるさ」

「でも……」

「近頃は罪華が増えてる。僕らが間に合っただけあの女は幸運だ」

僕は彼女と目を合わさずに肩だけ竦めた。

すると、彼女は急に僕の顔を覗き込んでくる。

「燐様。ご提案があります」

「……何だ？」

「以前と同じ提案です。罪華狩りに私を囮に使ってください」

「以前も言ったが却下だ」

「なぜですか⁉」

彼女は納得がいかない様子で室外機から飛び降りる。

「知っての通り、私は死なない体です。囮にちょうどい……」

「そういうことを大声で喋るな」

僕が注意すると、彼女は慌てて自分の口を塞ぐ。

「……お前は鈍臭い。囮には不向きだ」

そう言って視線をはずし、僕は立ち上がる。ジュースの空き缶は足下に落とし、影の中に沈めた。

「行くぞ」

しかし、アネモネは僕のマフラーを引っ張る。

「燐様！　まだ話は終わってません！」

「……ッ」

僕は彼女の肩をドンッと突き飛ばす。

「話は終わりだ。僕の方針に口を出すな」

「でもっ」

僕が強めの語気を使っても、彼女はなお食い下がる。

それが一般人の犠牲を避けたいという、彼女のやさしさなのは理解していた。

理解しているからこそ、僕は……。

『影山隊長。応答してください』

その時、イヤホンに通信士からの通信が入る。

「何だ？」

『無人ビルで吹き溜まりが発生しました』

「ほかの奴らは？」

『背神者が一名負傷。結界班が対処中ですが、保って五分です』

「座標を送れ」

僕は通信士からビルの座標を聞きながら、アネモネに視線を送る。

「聞いたな。急ぐぞ」

「はい……」

彼女は頷き、僕の腰にしがみつく。

同時に、足下の影が浮き上がり、波打つ。

「摑まってろ」

彼女が両腕に力を込めたのを確認し、僕は影の波を前方へ向けて発進させた。

自由自在の影波をサーフィンの要領で乗りこなし、路地裏、時には壁を駆け上がり、ビルの屋上から屋上へ飛び移って、人目を避けながら目的地への最短距離を疾駆する。

「あそこか」

影波に乗りながら結界が張られた建物を目視する。

今いるのは別のビルの屋上だ。地上に降りて入り口から入るのは……時間の無駄だな。

「このまま飛び込むぞ」

「はい！」

彼女の返事を聞きながら、僕は影をスロープのように斜め上へ伸ばし、勢いのまま跳躍する。

「――」

重力に従い、僕らは目的のビル屋上へ落下していく。鋭く伸ばした影で結界を突き抜け、そのままコンクリートに激突――せずに、ふたりの体ごと影の中に沈む。

影を垂直に沈んで屋上をすり抜け、建物内へ。

「bhーbhーbhー」

「bhーbhーbhー」

「bhーbhーbhー」

ビルの中は鼓膜を突き破りそうなほどの泣き声と、罪華が放つ甘いドブ川の臭いに満ち満ちていた。

空から見た限り、ここは五階建てだ。

その全階に罪華が詰まってるのか……？

「……クッ」

思わず舌打ちが漏れる。

この胸に渦巻くのは底無しの憎悪と――歓喜だった。

「目を閉じてろ、アネモネ」

「燐様……！」

僕はアネモネに指示しながら視界いっぱいの影を掌握し、従える。

忌々(いまいま)しくも悍(おぞ)ましいバケモノども。

殺しても殺しても次から次へと生まれやがって。

だったら、もっともっと殺させろ。

「bhーbhーbhー」

捻じ切る。

「bhーbhーbhー」

絞め潰す。

「bhーbhーbhー」

抉(えぐ)り裂く。

ああ……気持ちいい。

口元を隠すマフラーの下で口角を吊(つ)り上げる。

コイツらを殺す時、憎しみと同時に仄暗(ほのぐら)い悦(よろこ)びを見出(みいだ)し始めたのはいつからだろう。

それはまるで子供が蟻(あり)の群れを潰す時の気持ちに似ている。

大人になるにつれて理性で抑え込む類の快楽。

そうした倫理観は多少なりとも僕も持ってる。

けど罪華は別だ。
どれだけ殺しても、いくら壊しても、微塵の罪悪感も湧いてこない。
罪華を八つ裂きにしている時だけ、僕は自分が生きる意味を思い出せる。
復讐が僕の生き甲斐。
そのために罪華は苦しんで死ね。
「……ハッ！」
思わず笑いが零れる。
まさか文句はないだろう？
罪華は僕から大切なものを沢山奪ったのだから。
その汚い泣き声で僕の心の穴を埋めてくれ。

△

「ふう……」

ビル一棟分の罪華を殺戮し終え、僕は建物を出てすぐ傍にあったガードレールに腰を下ろした。

先程まで罪華で満杯だったビルの前には、組織の事後処理班が集まっていた。今頃は僕が行った戦闘の痕跡などを綺麗に掃除していることだろう。

休憩がてら彼らの作業をなんとはなしに眺めていると、向こうで大人たちと話していたアネモネがこっちに来て、無言で僕の隣に座った。

「……」

「……まだ怒ってるのか？」

「いーえ」

怒ってるなこれは。

「さっきのあの女の容態を聞いてきたんだろ。どうだった？」

「怪我は治ってて後遺症の心配もないそうです。保護直後は極度の怯えも見られたそうですが、今は落ち着いていると」

「そうか」

とりあえず問題はなかったはずだが、彼女はまだ不機嫌そうだ。

だからといって囮作戦の話を蒸し返すつもりはない。

となると、別方向から機嫌を取る必要があるわけだが……。

「あー……そういえば、この前水族館に行きたいって言ってたな」

「……！」

水族館と聞いて彼女の耳がピクリと反応する。

「今度時間ができたら連れてってやろうか？」

「そ、そんな餌で簡単に釣られ……」

「なら行きたくないのか？」

「そうは言ってません！」

叫んで、あとから「あっ！」と彼女は自分の口を塞ぐ。そのまま小さく唸りながら僕のことをジトーっと睨みつけてきた。

僕は彼女の頭に手を置いて軽く撫でる。

「あの、影山隊長……ですよね？」

「ん？」

その時、包帯で右腕を吊り下げた少年が声をかけてきた。

この場にいるのだから組織の人間だろうが……誰だ？　顔に見覚えがない。

「怪我してるんですか？」

僕が少年に返事するより先に、アネモネが彼に声をかける。

「えっ？　あ、はい。罪華に後れを取ってしまって」

「見せてください。私が治しますから」

「いえ、そんなわざわざ……！」

「大丈夫です！　さあさあ！」

少年は遠慮していたが、アネモネに押し切られる形で腕を差し出した。

どうせ止めても治癒を使うだろうから、僕は先回りして彼女の背中に手で触れておく。

「ありがとうございます、燐様！」

「ん」

アネモネは少年の腕の治癒を開始する。

集中して黙ってしまった彼女を挟んで、僕と彼との間に微妙な沈黙が下りた……しかし、向こうはやたら話したそうにソワソワしている。

「……この前配属された新人か？」

黙り続けるのも面倒で、僕は彼に声をかける。

「は、はい！　先月、ようやく訓練が終わって……！」

「そうか」

当てずっぽうだったが正解だったようだ。

新人が入るという話は二、三週間前に聞いた気がしたが、すっかり忘れていた。正直名前も覚えていない。

僕が新人の名前を思い出そうとしていると、彼の方から再び興奮気味に話しかけられた。

「あのっ、影山隊長は十三使徒の第一席……なん、ですよね？」

十三使徒とは、聖墓機関による背神者のランク付けのことだ。戦力分析のために背神者たちは実力に応じて等級が与えられ、十三使徒はその最上位につけられる特別な称号だ。

『第～席』とは十三使徒の序列を表し、番号が若いほど強力な駒ということになっている。

「……まあ、そうだな」

「やっぱりそうなんですね！　自分の担当区内に発生した罪華を殆ど単独で狩り尽くすという、聖墓機関最強の影遣い！」

あまりその話はしたくないオーラを出しながら頷いたが、彼には通じなかったようで余計に興奮させてしまった。

「僕、隊長みたいになりたいんです。もっと強くなって、いつか罪華どもを……！」

「……やめといた方がいい」

「え？」

「ふう、治りました！」

僕の返事に新人がきょとんとしたところで、ちょうどアネモネの治癒が終わったようだった。

「明け方までまだ時間がある。怪我が治ったんなら見回りを続けろ」

「あっ……はい」

僕は彼を突き放すように指示を残し、ガードレールから腰を浮かした。

「行くぞ、アネモネ」

「あっ、燐様！　待ってください！」

先に歩き出した僕のあとを彼女もトコトコついてくる。ポツンと残された彼がどんな顔をしているかは、いちいち振り返らなかった。

「あの人、燐様に憧れてたみたいですよ」

「……」

「どうしてあんなこと言ったんです？」

別にその質問に答える必要はなかったが……半ば無意識に、僕は口を開いていた。まるで、言い訳のように。

「僕らにとって強くなるっていうことは、大事なモノを失うってことだからだ」

背神者が持つ力の強さは、罪華に抱いた憎悪と、失ったモノの大きさによって決定される。

この場合の大きさとは、あくまで当人の主観――つまりその人にとってどれくらい大事なモノだったかに左右されるそうだ。

より強い力を得るということは、それだけ大切なモノを失うということ。

「……」

厭な記憶を思い出し、僕はマフラー越しに口元をそっと押さえた。

ああ……罪華を殺し足りない。

僕の大切な人を奪ったあいつらを。もっと。もっと。

「――」

まだ夜は明けない。僕は殺してもいい奴らを求め、再び夜の暗がりの中へと溶けていった。

第二章／表

—夏芽—

WELL, I'LL BE DEAD IN
ONE YEAR.

昼間は神代風花の『恋人』として過ごし、夜間は背神者として罪華を狩る。そんな昼夜二重生活にも慣れ始めた頃、気がつけば季節は夏になっていた。

高校では期末試験も終わり、明日からは夏休み。登校最終日である今日は、体育館で一学期の終業式が行われていた。

「……では学生として節度のある夏休みを送ってください」

「やったー！　人生初の夏休みだー！」

校長が終わりの挨拶をすると同時に、神代は拳を突き上げて叫んだ。

それがあまりにも堂々とした態度だったので、周囲からはドッと笑いが起きる。

「そこ、静かにしなさい」

「はーい。すみませーん」

まだ壇上にいた校長に注意され、神代は頭を掻いて誤魔化す。しかし、その口元はずっとニヤニヤしていた。

その後は無事に終業式が終了し、僕らは体育館を出て自分たちの教室へ戻る。

「風花。人生初って何？」

教室へ戻る途中の廊下で、長瀬がさっきの神代の発言に軽くツッコむ。

「ワハハ、テンション上がっちゃって」

「変なのー」

「えーっ、花恋まで<ruby>花恋<rt>かれん</rt></ruby>ー」

仲よし三人組は笑いながらじゃれ合っている。

実際は冗談ではなく言葉通りの意味なのだが……と、僕の視線に気づいたのか、神代が振り返ってこっちを見た。

「燐ー！」

「うわっ！」

彼女は人の合間を巧みに縫い、勢いのまま僕に抱きついてくる。

あっという間に周囲の視線が集まるが、彼女はまったく気にした様子もなくはしゃいでいた。

「ねっ！　明日から何しよっか？『ノート』にめっちゃリスト書いたんだけどやりたいこと多すぎ！　もう全然スケジュール決まらなくてさー、チョー寝不足！」

「分かった。分かったからいったん離れ……」

神代を落ち着かせようとするが、彼女は抱きついたままピョンピョン跳びはね始める。

「山でしょー海でしょー映画でしょー、もうマジで計画立てないと終わんないから！　そだっ！　今夜ウチの部屋来てよ。一緒に予定決めよっ」

「!?」

今の発言はさすがに周囲もザワついた。

「いや、ちょっと……」

「何でー！　燐そういうの得意でしょ？　お願いだから手伝ってよー」

「ちょー、風花ってば」

困り果てた僕を見かねてか、それとも騒ぐ友達を窘めるためか、苦笑を浮かべた長瀬がぽんぽんと彼女の肩を叩いた。

「皆見てるし。イチャつくのは帰りのファミレスでいいでしょ」

「ん～そだねっ！」

神代は頷き、ようやく僕から離れてくれる。

「じゃっ！　放課後はファミレス集合ね！」

「はいはい」

僕はおとなしく了解し、神代たちが先に行ってくれるのをその場で見送った。

近頃は夜の見回りも忙しいのに……夏休みが始まったら僕はどうなってしまうんだ？

そんな不安を抱えながら、僕は重たい足を引きずって再び廊下を歩き出した。

△

そして、地獄の夏休みが幕を開けた。

いや、閻魔やサタンが管理する地獄の方がまだ秩序があるのかも……。

「今日は北海道でソフトクリームとラーメンとお寿司食べよー！」

「明日は京都で寺社巡り。お土産の八つ橋コンプ目指そー！」

「明後日はねー」

学校がある時も休日にはあちこち遠出させられていたが、夏休みでそれが加速した。

凄まじいバイタリティと組織の力をフルに使い、彼女は連日のようにプチ旅行へ出かけた。北へ南へ東へ西へと日本列島を飛び回り……結果それに付き合う僕の体力は死んだ。

「夏休み中は救世主様のことに専念してもらって結構です」

休みが始まって三日目くらいに上層部からの指示を黒鉄が伝えにきた。

僕の担当区には他の人員を割り当てるらしい。

確かにそうしてもらわなければ体が保ちそうになかったが、それは要するに夏休みの間ずっと彼女に付き合わなければならないことを意味していた。

そうして今日は朝から何をしているのかといえば——虫取りだ。

「あっ！　セミいたセミ！　待てー」

麦わら帽子を被(かぶ)った神代がセミを追い回している。

その手には新品の虫取り網。首からは透明な虫かごをぶら下げて、シンプルな白Tシャツで森の中を駆ける姿はまるで男子小学生。だが彼女が着るとそういうファッションに見えるから不思議だ。

ちなみに僕も同じ格好をさせられている。鏡で一度見てみたが似合わないこと甚だしかった。黒鉄なんか僕を見て口元を押さえていたし。滅べ。

「虫取りも結構楽しいねー」

「ああ、そう」

ニコニコと虫取り網を振り回す彼女に僕は投げ槍(やり)に答えた。

そのままボーッと突っ立っていると、それに気づいた彼女がこっちへ寄ってくる。

「ほら、君も遊ぼうよ」

「遊んでるよ。森林浴」

「お爺(じい)ちゃんかな？　いいからこっち来て」

神代は強引に僕の手を摑(つか)んで森の奥へ引っ張っていく。

「どっちが大きいカブトムシ取れるか勝負ね。罰ゲームアリで」

「罰ゲーム？」

「負けたらラインに変顔の写真晒すとか」

「……っ」

神代と長瀬たちのライングループになぜか僕も登録させられている。

そこに変顔を晒すとか……地味に嫌だ。

「おっ、やる気出てきた？　じゃあ今からスタートね！」

開始の宣言をすると、早速神代はカブトムシを探しに行く。

いちおう彼女の警護も僕の任務の一部だが、この森一帯は聖墓機関が監視している。少しくらいなら離れても大丈夫だろう。

僕は彼女を視界の端に収められる範囲で別方向へ進んだ。

それにしても虫取りなんて随分久しぶりだ。

前にやったのは……家族が生きていた頃か。妹も外で遊ぶのが好きで、一緒にカマキリとか捕まえていた気がする。

「うりゃー！　クワガタゲットー」

にしても元気だな、あの女。

彼女は彼女で超過密スケジュールで連日遊び倒しているはずだし、体力でいえば鍛えている僕の方があるはずなのだが……いや、僕のは精神的な疲労か。

まあいいか。そこはどうでも。

とりあえず今は勝負に付き合わないと、彼女がへそを曲げてしまう。

それに負けたら罰ゲームだ。逆に勝てば、いつも振り回してくる彼女にささやかな仕返しができる。

本来なら救世主に対して接待プレイすべきとか言われそうだが、知ったことか。

僕は獲物を見落とさないように注意深く森の中を進む。

彼女は勝負に関係ないクワガタとかセミも手当たり次第に捕まえてるようだが、僕はそんな無駄なことはしない。当然カブトムシ一点狙いだ。

「……！」

と、見つけた。

サイズは握り拳より一回り小さいくらい。悪くない大きさだ。

目標のカブトムシはやや高い位置の樹液を吸っている最中で、逃げる気配はない。

「うわっ、あんなの網届かないじゃん」

いつの間にか傍(そば)に来ていた神代が、僕が見ているのと同じカブトムシをポカーンと見上げる。

「あれ届くの？」

確かに普通に腕を伸ばしても網が届かない高さだ。

「余裕だよ」

これでも聖墓機関の背神者だ。

僕は地面を蹴り、隣の木まで跳躍すると幹にできたこぶに足をかける。

そのまま三角飛びの要領でさらに高くジャンプ。

「おーっ」

地上で眺めていた神代が驚いたような声を上げる。

驚く彼女に少し気分をよくしつつ、あとは腕を伸ばせば網の先がカブトムシに――

「ビイィィィィィ！」

「⁉」

――届く、というところで、劈くようなセミの鳴き声が僕の鼓膜を貫いた。

どうやら隣の木を蹴った時に驚かせてしまったらしい……と、やけに冷静に状況を分析しつつ、空中でバランスを崩した僕はそのまま地面に落下していった。

「おーい？　大丈夫ー？」

「ダイジョウブデス」

この程度で怪我するほど柔な鍛え方はしてない。

だがあまりに格好悪すぎて、僕は地面に突っ伏したまますぐに立ち上がれなかった。

「……ぷっ！　あははは、なに今の声？」

やがて堪えきれなくなったのか、神代は堰を切ったように笑い出す。

屈辱で顔から火が出そうだったが、彼女が突っ伏した僕の頭をペシペシ叩き始めたので、仕方なくその手を払いながら起き上がった。

「……」

「うふっ、待って、お腹痛くなってきた……ぷぷっ」

僕が無言で服についた土を落としている間も、彼女はずっと笑っていた。

「……笑いすぎじゃない？」

「だって『余裕だよ、キリッ！』って自信満々だったのに……ぷぷっ」

「セミに驚いたんだ。仕方ないだろ」

「セミに負けたのもおもしろい」

「別に負けてないけど？」

僕は内心ぐぬぬと拳を握り締めたが、反論するほど彼女を笑わせるだけだと思って言葉を呑み込んだ。

神代はしばらく笑い続けたあと目尻の涙を拭う。

と、また彼女は僕の顔を見て、頰を指差す。

「まだ土ついてるよ？」

「！」

慌てて頰を拭うが、なんだか恥に恥を重ねている気がして顔が熱い。

「顔赤いよ？」

「うるさい。夏だから暑いんだ」

「意地張っちゃって｜」

神代はニヤニヤしながら僕の頰をつつく。

「案外かわいいところあるね、君」

「そういう君は全然かわいくないよ」

「まあ大変！　目にも土入っちゃった？」

「見た目じゃなくて性格の話だから」

「つまり見た目がかわいいのは認めるんだ？」

「……」

　クソッ、口が滑った。

「そっかー。燐も私のことかわいいと思ってるんだー」

「そうやって人の失言を嬉々として刈り取るのやめた方がいいと思うよ？」

「死ぬまでやめない。ぐぅの根まで刈り尽くすから」

「それ根じゃなくて音ね」

　辛うじて言い返すが口喧嘩では一生勝てる気がしない。

　彼女はクスクス笑いながら僕の頬をツンツンしてくる。

「付き合って三ヶ月経つけど、はじめて燐のことおもしろいって思ったかも」

「悪かったね、基本つまんない人間で」

　僕は肩を竦めながら彼女の指を振り払う。

「そんなにつまらなければ、いつでも解放してくれて構わないんだけど？」

「ワハハッ、ダメーっ」

　神代は僕の肩をバシンと叩き、地面に置いていた虫取り網を拾い直す。

「ほらほら勝負の続き続きー。頑張らないと君の負けになっちゃうよ？」

「え？」

「私はもうゲットしたしー」

そう言って彼女は虫かごに入れたカブトムシを見せてくる。

ウソだろいつの間に……って、もしかしてこれ。

「これ僕が狙ってた奴じゃないか⁉」

「うん。燐のあとにポロッと落ちてきたよ」

どうやら僕が地面に落下した衝撃でカブトムシも落ちてきたようだ。

じゃあ僕は恥を晒した上に、敵に塩を送ってしまったということか？

それはいくら何でも踏んだり蹴ったりだ……思わずガックリ肩を落としてしまう。

「これはもう私の勝ちかなー？」

彼女はニヤニヤしながら僕を挑発してくる。

「……まだ勝利宣言は早いんじゃないの？」

「へぇー？」

「本気出すから」

いくら任務とはいえ、自分に合わない女と付き合わされて連日クタクタにされて、いい加減ストレスが溜まってる。

こうなったら彼女を本気で打ち負かして、そのストレスを発散させてもらう……！

「いいねー。燐もノってきたじゃん」

神代はどこか嬉しそうに口の端を吊り上げる。

「ならこっから本番だね。精々頑張りたまえー」

「絶対に長瀬と朝霧がドン引く変顔やらせてやる……！」

それから僕らは全力で虫を取りまくった。

「あっ！　これノコギリクワガタじゃない？　ねぇねぇ燐見てよこれーノコ！」

「大声出さないでくれる？　カブトが逃げる」

「これくらいで逃げないってー。私は普通に捕まえてるし」

「うん。マジ黙ってて」

彼女の無自覚クソ煽りにもめげず、僕はあちこちに視線を走らせて必死にカブトムシを探した。

こんなに何かに夢中になったのはいつ以来だろう。

そのまま一時間ほど彼女と森の中を駆け回っていると——ふと木の途切れた空き地のような場所に出た。

「おー！　ここお昼寝にちょうどよくない？」

言うが早いか彼女はゴロンッと草の上に寝っ転がる。

「服汚れるよ」

「いーじゃん別にー、休憩休憩。ほら、燐も」

彼女がポンポンと地面を叩くので、僕は渋々そこに寝転んだ。

「あっ露草だ。綺麗（きれい）だね」

そう言って神代は地面に生えていた青い花を指先で撫（な）でる。

「露草って午前中しか咲かないんだって。見られてラッキーだね」

「へぇー」

「花言葉は『尊敬』とか『小夜曲（セレナーデ）』とかだったかな？」

「詳しいね」

「花好きだし。昔は図鑑とかよく読んでたから」

「ふーん」

適当に相槌（あいづち）を打ちつつ、僕はぼんやりと夏の青空を見上げる。

「スゥー」

抜けるような青色を眺めていると、無意識に深く息を吸っていた。

深呼吸で冷静さを取り戻した僕は……改めて頭を抱えてため息を吐く。

救世主とはいえ年下の女相手にムキになって、カブトムシを探して森中を駆けずり回るなんて……何をやってるんだ僕は。

「あー遊んだ遊んだー」

現状を嘆く僕の隣で、神代は楽しそうに呟く。

「君は遊びすぎだよ、毎日毎日」

「夏休みってそういうもんじゃーん」

「だとしても何で虫取り？　子供じゃあるまいし」

将来の夢が昆虫博士でもなければ、高校生にもなって虫取りなんかやりたがらない。普通の女子高生なら尚更。

「だってやったことなかったんだもん」

「――――」

呆れ気味に放った質問は、さらりと打ち返されて茹りきった頭を一気に冷ました。

普段通りのようで少しヒヤリとした冷たさを伴った声に、思わず彼女の横顔を見つめる。

しかし、彼女の表情はいつもと変わらない……ように見えた。

「外に出たことなかったの、今まで？」

この場合の「今まで」とは、もちろん高校に来る以前の話だ。

「そーそー、ずーっと聖墓機関の施設で育ったからさ。はじめてのことばっかりだよ、外は」

……正直な話、僕は彼女や長瀬たちの所謂（いわゆる）女子高生っぽいノリが苦手だった。

だけどよくよく考えてみると〝女子高生っぽさ〟って、女子高生になった瞬間に身につくものだろうか？　そんなはずがない。十七年……彼女の場合は十六年か、を生きてきて、いろんな経験を積み重ねた結果身につくものであるはずだ。僕がいろいろあって今の僕になったように。

なら、組織に匿（かくま）われて生きてきた彼女はどうなのか？

もしかして彼女が普段女子高生らしく振る舞っているのは、部屋にある雑誌や漫画、またはドラマや映画、あるいは高校でできた友達の真似事（まねごと）なのではないだろうか？

だから、今日の虫取りみたいなアンバランスが起きる。

だって本当は〝やったこと（経験）〟がないから。

「……」

彼女の笑顔の裏側にある物に気づいてしまい、僕は次の言葉を失った。

と、そこで「あっ！」と急に彼女が上半身を起こす。

「そろそろ明日の水着買いに行く時間じゃん！　牡丹（ぼたん）ちゃんが迎えに来る前にどっちが勝ったか決めないと！」

「げっ」

嫌なこと思い出した。

「ほらほら、燐も虫かご見せて見せて……って、全然入ってなくない？」

「……運が悪かったんだ」

彼女の倍は動き回ったつもりなのだが、どうしても雄のカブトムシが見つけられなかった。クワガタとセミは山程見つけたんだけど。

捕まえられたのは辛うじて雌のカブトムシが二匹だけ。

「ワハハッ、これは私の勝ちだね」

一方、彼女の虫かごにはカブトムシ以外にもクワガタとかセミとか、いろんな虫がいっぱい入っていた。雄のカブトムシも三匹捕まえていて、どれも立派な角を生やしている。

正確な大きさを比べるまでもなく、勝敗は一目瞭然だった。

「それじゃ渾身(こんしん)の変顔よろしく～」

神代はウキウキとスマホを取り出してカメラをこちらに向けてくる。

「それ、絶対やらなきゃダメ？」

「何？　嫌？」

「まあ……」

今日一日でかなり恥をかいた気がする……これ以上は勘弁して欲しい。

「ふーん」

神代はジッと僕を見る。

それから不意にニヤッと笑い、スマホをポケットにしまった。

「じゃあ今日のところは許してあげよっかな。燐のおもしろい顔も見られたしね」

「その記憶もできれば消してくれない？」

「イーヤ。あっ、罰ゲームの件は貸しイチだから」

「それ全然許したことになってないじゃないか！」

「何のことー？　ほら立って立って。水着選ぶの燐も手伝ってよ」

「女子の水着の流行とか分かんないんだけど。長瀬たちに頼めば？」

「彼氏に選んでもらうのがいーんじゃーん。ちゃんとしたの選んでくれないと私が恥かくんだから気合い入れてよね」

「はいはい」

僕らは地面から立ち上がって草と土を払い落とす。

ちょうどその辺りで黒鉄たちの迎えも現れる。

「救世主様～」

神代は軽く手を振ってそちらへ歩いて行こうとするが、その途中で何かを思い出したように僕の方を振り返った。

「ちなみに燐の好みで選んでもいいけど、エッチなのは禁止だからね？」

「たとえ君に命令されても絶対に選ばないよ」

△

翌日は雲ひとつない絶好の海日和だった。

メンバーは僕と神代に長瀬と朝霧。あとふたりには秘密だが、彼女を護衛するための組織の人間。その中には黒鉄も入っていて、不測の事態が起きれば偶然を装ってこちらに合流する手筈になっている。

ちなみに海に来る前、黒鉄から「救世主様の水着に欲情したら脊椎を引き抜く」とガチめの脅しをかけられた。

救世主である神代を丁重に扱うのは当然なのだが、組織内には彼女を神の如く崇拝する人間も存在する。黒鉄はまさにその典型だ。

どうも歳が近かったために神代の側仕えを長年勤めていたらしい。その分強い感情移入があるらしく、人類のために自ら命を捧げる彼女に対して並々ならぬ崇敬の念を抱いているようだ。

だから僕みたいなぽっと出の人間が『恋人』に指名されたことが、彼女には不愉快で仕方ないらしい。それでも神代が望んでいることだからギリギリ我慢しているみたいだ。

まあ、そんな裏事情は置いといて。

「海だー！」

「風花ってば、はしゃぎすぎじゃない？」

「えー、海に来たら叫ぶものじゃないの？」

浜辺に着くなり叫んだ神代に長瀬がツッコミを入れると、彼女は不思議そうに首を傾(かし)げた。

「叫ぶのはいいから、さっさと着替えてきたら？」

「なーにー？　燐ってばそんなに早く私たちの水着見たいの？」

「ちんたらしてると更衣室混むよ」

僕はシッシッと彼女らを追い払い、先にシートとパラソルの準備を始めた。

ちなみに水着は家から着てきたので、服を脱ぐだけで手早く済ます。帰りの下着を忘れたなんてミスもしてないのでご安心。

そんな感じで一通りの準備を終えた頃、彼女らが更衣室から戻ってきた。

「ねぇねぇ燐！　どうこの水着？　似合ってる？」

開口一番、神代が見せびらかしてきたのは純白のビーチドレス。陽光で簡単に透けてしまう薄い生地の下から覗くのは、眩しいほど鮮やかな赤のビキニ。

それが似合ってるかどうかなんて、浜辺にいる男性客の視線を見れば一目瞭然だろう。無駄に顔もスタイルもいいんだから。いちいち僕に聞かないで欲しい。

「あー似合ってる似合ってる。世界一似合ってるよ」

「気持ちがこもってなーい」

「いや、昨日も散々褒めたでしょ」

何なら逆にケチのひとつもつけたいくらいだ。しかし、何も思いつかない。夏休みに入ってから全国の名産品を食べ回ってきたというのに、腹に肉もついてないのはどういうわけだ？

「むぅ～」

「そんなリスみたいな顔されても困るんだけど……」

「なら影山君、私の水着は？」

不満げな彼女に僕が困り果てていると、そのやり取りをおもしろがった長瀬が横から感想を求めてきた。

ちなみに水着はセクシー系の黒。長身でスタイルのよい彼女が着ると、神代とは違うテイストで目の毒だ。

「いいんじゃない？」

「それだけ？」

長瀬は揶揄うようにグラビアみたいなポーズまで取ってみせた。彼女のご立派な胸が強調され、僕はそっと視線を逸らす。

「彼女がいるから、これ以上は勘弁して」

僕は彼氏らしい言い逃れで長瀬からの追及を躱した。

と、そこで肩をちょんちょんとつつかれ、振り返ると朝霧と目が合う。

「何？」

「……私は？」

「え？　水着の話？」

「ん」

頷く朝霧。彼女の水着はパステルカラーのワンピースで腰にパレオを巻き、顔にはいつも通りマスクをしていた。

全体的にかわいいチョイスで彼女に似合っていると思う。それに何と言うか……神代や長瀬と比べると、見ていて安心する。

「うん。ピッタリだと思うよ」

「どこ見て言ってるの？」

「えっ」

「天誅（てんちゅう）」

朝霧は軽く僕の脛（すね）を蹴る……視線を読まれたようだ。

「燐ってばサイテー」

「いや、誤解で……ほら、荷物まとめるから貸して」

僕は話をうやむやにしつつ、全員の荷物を一箇所にまとめる。

「よーし、それじゃ皆で遊ぼーー！」

「僕は荷物番を……」

「お財布はロッカーだし、監視員さんもいるから平気だってば！」

自然な流れで逃げようとしたが、神代にはすぐバレて手首をガッチリ摑（つか）まれた。観念し、
僕は彼女と一緒に海へと入る。

「うひゃー冷たっ！　これが海かー」

海に入った神代はビーチドレスの裾を摘まみながら、波と砂の感触を楽しむように足を

パシャパシャやっている。

「わっ！　なんか足に引っかかった！　ねぇ燐これ何ー？」

「ワカメじゃない？」

「ワカメってあの食べる奴!?　へぇー、元はこんな感じなんだ」

彼女は足首に絡みついたワカメを摘まみ上げ、しげしげと眺める。

「これも食べられるの？」

「絶対やめて。僕が怒られるから」

「残念。まあいいや！　次はあっち行こ！」

「いいけど、そんなに慌てたら」

彼女に注意しかけた時、少し強めの波が来るのを視界の端で捉える。

「きゃっ！」

「っと！」

神代がバランスを崩すのを予見していた僕は、あらかじめ彼女の腕を摑んで倒れる前に引き寄せた。

「だから言わんこっちゃない。危ないからあんまりはしゃぐのは……」

僕は改めて注意しようとする——が、思ったより腕を引き寄せすぎていたらしく、想像していたよりもずっと彼女の顔が間近にあった。

中身はともかく外見は水も滴るいい女な彼女と至近距離で見つめ合い、思わず息を呑む。

「燐？」

「……っ！　とにかく海では無闇に走らないように。君に怪我されると困るから」

僕は口早に言って彼女から体を離す。

おかしいな、これくらいのことで動揺するなんて。

海だから？　それとも水着だからか？　いや、そんなはずは……。

「おーい、ふたりともこれで遊ばない？」

僕と神代はしばらく浅瀬で水遊びをしていたが、そこへビーチボールを持った長瀬と朝霧がやってきた。

「いいよー。やろーやろー」

もちろん、遊びの誘いを断る神代じゃない。

僕たちは適当に四人で広がって、ビーチボールをトスし始める。

「花恋っ、いったよー！」

「ほっ！」

結構意外だが、朝霧も運動が得意なようだった。

背神者(イスカリオテ)の僕は当然として、神代と長瀬も運動神経がいい。

四人ともボールを落とさないのでラリーも延々と続く。その内ちょっとしたギャラリーまで周りにでき始めた。

「そぉーれ！」

「わっ！　急に強いの禁止ー」

「ごめーん」

……いや違う。よく見るとギャラリーは男ばかり。その視線はボールではなく、彼女たちに注がれていた。

「ワハハッ！　たーのしー」

特に彼らが熱い視線を送っているのは、どうやら神代のようだった。

もし彼女がボールを落としたらすぐに拾って、そのドサクサで声をかけよう――そんな心の声がここまで聞こえてくる。

「お返し！」

「キャッ！　ちょっと真琴(まこと)ー」

と、そこで長瀬が強めに打ったボールを神代が返し損ね、絶好のチャンスが彼らの頭上へ飛んでいく――が。

「はっ！」

僕は大きく跳躍し、彼らが触れる前にボールを朝霧の方へ返した。

「おーっ！　燐スゴーい！」

「大したことないから」

僕は謙遜しつつ、その後もボールの行方に神経を集中させる。

「よっ！」

「はっ！」

「ほっ！」

誰かがミスる度、僕は全力でそれをカバーした。

その後もバナナボートやら水上スキーやら、海でできる遊びをあれこれやりまくったが、僕は常に神経を尖(とが)らせてナンパ男に声をかける隙を与えないようにした。

……少し本気を出しすぎだろうか？

まあでも、ヘタに彼女がナンパされるのも面倒だし。いや、万が一何かあったら組織のフォローが入るだろうけど、避けられるトラブルは避けておくに越したことはないわけで……うん、そういうことにしておこう。

△

「はぁー遊んだ遊んだー」

一日中海で遊び倒した神代はビニールシートに仰向けになりながら、猫みたいに体をうんと伸ばした。

「相変わらず遊びに関しては体力無限だよね、君は」

彼女の隣で片付けをしながら僕は呆れるように肩を竦める。

「えーっ、今日は燐も結構遊んでたじゃーん」

「いや、僕は……」

君がナンパされるのを防いでたんだ……とは、なぜか言えなかった。

別に、任務の一環と考えれば問題ないはずなのだが、我ながらやけに言い訳っぽく感じてしまう。

「？」

結果口ごもった僕を見て、彼女は首を傾げる。

幸い深く追及はされなかったが、正体不明のモヤモヤに僕は戸惑いを遺した。

「……あれ？　そういえば真琴と花恋はー？」

ふと友達の不在に気づいた彼女は僕に尋ねてくる。

「最後に海の家でかき氷食べてくるってさ」

「えーっ、私も誘ってよー」

僕が彼女らの伝言を伝えると、神代は頬を膨らました。

「じゃあ、今から追いかける？」

「んー、いいよいいよ。それより～」

そう言って、彼女は自分の隣をトントンと叩く。

意図を察した僕は片付けの手を止めて隣に座る……と、彼女は髪の濡れた頭を僕の肩に預けてきた。

「何？」

「何って何それー。肩借りてるだけじゃーん」

僕が嫌そうな顔をしても神代は離れようとしない。

「長瀬たちが戻ってきたら離れてよ」

「心配しなくてもしばらく戻ってこないよ」

「何で？」

「鈍いなー。私たちに気を遣ってくれたんでしょー」

「……あー」

そういうことか。

僕がため息を吐いていると、神代はふと忍び笑いを漏らす。

「今の私たちって本物の彼氏彼女っぽくない？」

「そうかもね」

「めっちゃどうでもよさそうじゃん」

神代は唇を尖らせて人の脇腹をつついてくるが、本当に怒っている様子はなかった。

彼女は僕に寄りかかったまま、茜色（あかねいろ）に染まる海をぼんやりと眺め続ける。

「海の夕陽（ゆうひ）って綺麗（きれい）だね」

「そうだね」

「最期（さいご）に思い出す景色ってこういうのかな？」

「……さあ？」

「まっ、分かんないよねー」

神代は僕から離れ、そして立ち上がる。

「ワハハッ、それにこれからもっと綺麗な景色を見られるかもしれないしね！　あと七ヶ月くらいしかないけど！」

彼女は腰に手を当てて大笑いしたが、続けて「でも……」と呟く。

「たぶん、今日のこの夕陽を私は忘れないと思う」

「……」

西日のせいで、その時の彼女の表情は見えなかった。

少し動けば横顔を見られたと思うが……結局僕はそうしなかった。

それから長瀬たちがビニールシートのところまで戻ってきて、僕らは今日泊まるホテルへ行くため本格的に帰り支度を始めた。

「あっ、そうだ。今夜この辺でお祭りがあるみたいだよ」

ビニールシートを折り畳んでいる最中、長瀬がそう言って手作り感溢れるチラシを見せてくる。そこには今夜八時にこの近くの公民館で夏祭りがあると書いてあった。

「もし夜に予定なかったら皆で行かない？」

「……⁉」

興味がなかったので半ば聞き流していたが、長瀬からの提案に僕は手に持っていたパラソルを叩き折りそうになった。

僕は慌てて神代を振り返る——案の定、彼女は目を輝かせていた。

「ねぇねぇ！　そのお祭りって、花火はあるの？」

「あるって書いてあるね。この海岸で打ち上げるって」

「うわそれめっちゃ行きたー……」

「待った！」

「むぐぐ⁉」

僕は神代の口を塞ぐ。

「ちょっと待っててね！」

「むぐむぐー」

突然の暴挙に目を丸くする長瀬たちを愛想笑い（あいそわら）で誤魔化し、僕は暴れる神代を海岸の岩陰まで引っ張っていった。

「……プハッ！　いきなり何するの⁉」

手を離した途端に抗議されるが、僕はそれを無視して大事な確認をする。

「夜はホテルから出ないって決まりだろ？」

罪華（ざいか）は救世主に引き寄せられる習性を持つ。

そのため大抵の願いは叶(かな)えてもらえる彼女も、夜間の外出だけは厳しく制限されていた。それは当然旅行先でも同じだ。夜は聖墓機関(ゴルゴダ)の息が掛かった宿泊施設に泊まり、周辺は背神者(イスカリオテ)が固めて朝まで外に出ないのがルールになっている。

「よその旅行先ではいつもおとなしくしてたじゃないか。何で急に？」

「だって、花火……」

「花火？」

「うん……花火、一回くらい観(み)てみたくて」

「……」

彼女が急に何か欲しいとか何かしたいと言い出すのは日常茶飯事だが、よりにもよって花火か。

花火が上がるのは当然ながら夜だ。だが前述の通り、彼女は夜間外出できない。

「ホテルの部屋から観るとか……」

「……」

「……じゃダメだよね、やっぱり」

それに彼女が泊まる部屋には結界を施す関係上、窓を開けることすら厳禁だ。窓越しの花火なんてあまりに味気ない……。

だからって彼女を祭りの会場へ連れて行くなんて誰も許さない。これは意地悪とかじゃなくて、彼女の身の安全を護るために必要なことで――

「――本当？　また来年花火観れる？」

「――――ッ」

不意に、彼女の顔と妹がダブッて見えた。

昔、家族で夏祭りに行って、その帰り道で罪華に殺された僕の妹。

年齢差だってあるし顔立ちも全然似てないのに……あの日、両親に泣きじゃくりながら花火を観たいとせがんでいた妹と、目の前の彼女の表情が重なる。

「…………」

「燐？　大丈夫？　スゴい汗……」

神代が心配そうな顔をして僕の額の汗を指で拭う。

「ああ……うん」

冷たい指先に触れられて、ほんの少し落ち着きを取り戻す。

「……あのさ」

「ん？」

「さっき『一回くらい』って言ってたけど、もしかして？」

「……うん。実は観たことないんだ」

「ああ、そう……」

結局、妹は花火を観ることが叶わなかった。

このままなら神代も花火を観られない——でも、彼女にはまだチャンスがある。

僕はしばらく考えたあと、帰り支度で羽織っていたパーカーのポケットからスマホを取り出した。

「ダメ元だから、断られても恨まないでよ」

「え？」

僕は神代に背を向け、登録数の少ない電話帳の中から黒鉄の番号をタップする。

『用件は？』

黒鉄はワンコールで出てくれたが、電話越しの声は氷河期より冷たかった。

彼女の僕に対する態度は相変わらずだ。それでも数多くいる組織の人間の中で、この件を上に通してくれる可能性があるのは彼女くらいしか思い当たらなかった。

「ちょっと問題が……」

僕は期待を込めて夏祭りの件を黒鉄に伝える。

「……それで一時間だけでも外出許可を取れないですか？」

『無理です』

しかし、黒鉄からの返事はにべもなかった。

「……っ」

この返事を予想していなかったわけではない。救世主という存在の価値を鑑みれば、それを危険に晒すような提案をする方がおかしいのだから。

それでも……簡単に引き下がるわけにはいかない。

「花火の打ち上げは夜十時です。零時を回る前なら罪華の活動はまだ鈍い……それに奴らは光を嫌います。明るい会場には近づいてこないんじゃないですか？」

『しかし、罪華は救世主様に惹きつけられる習性を持ちます。救世主様が結界の外に出てしまえば、奴らがその気配に気づくリスクが高まるのは避けられません』

黒鉄の言い分はいちいち正論で、間違っていることは何ひとつ言わなかった。

「……どうしてもダメですか？」

『救世主様を危険に晒すわけにはいきません』

「確かにそうですけど、彼女の願いを叶えるのが僕の任務なので」

それがひいては聖墓機関の至上命令だろと訴えてみるが……。

『あなたがそんなに必死になるなんて珍しいですね、影山燐』

少し驚いたような口調で黒鉄はそう言った。

『ですが、安心しなさい。救世主様は御自身の使命の尊さを誰よりも理解されています。きちんと説明して差し上げれば必ず納得してくださいますよ』

だからその救世主本人が花火を観たいって言ってるんじゃないか！

思わず大声を出しそうになるが、一方でこれ以上何を言っても無駄だと感じた。

てっきり黒鉄は「神代風花」を大切にしていると思っていたが、違った。彼女が尊敬しているのはあくまで「救世主」である神代なのだ。

だから彼女が花火より使命を優先すると、当たり前のように信じている。

「分かりました」

僕は黒鉄の説得を断念し、瞼（まぶた）を強く閉じながら通話を切る。それからスマホをポケットにしまったあと、神代の方を振り返った。

「……やっぱり無理だってさ」

「……そっかー」

それを聞いた彼女は一瞬何でもない風に振る舞おうとしたが、すぐに失敗してシュンと黙り込んだ。

「ほら、帰ろう。長瀬たちを待たせてる」

「……うん」

僕は彼女の手を引っ張り、長瀬たちのところへ戻る。

長時間待たせたことを彼女らに詫び、残りの片付けと着替えを済ませて僕らはホテルへの帰路についた。

「えー花恋ってばそれ本気～？」

「モチのロン」

帰り道。神代は普段通りを装っていたが……。

「……ねぇ、影山君」

「うん？」

長瀬に袖を引かれ、僕は歩く速度を落とす。

「風花と何かあったの？」

「……」

その心配する声音に、僕は凄いなと思った。

神代はかなりいつも通りに振る舞っていたが、それでも友達には落ち込んでるのがバレるのか。

「何でもないよ」

しかし、詳しい事情を話すわけにもいかず、曖昧な返事で誤魔化すしかなかった。

「ふーん……まあ、ちゃんと後でフォローしときなよ？」

長瀬も彼氏彼女の事情が絡(から)んでるとでも思ったのか、それ以上は踏み込んではこなかった。

そのままホテルに着き、僕はチェックインのためにフロントへ向かう。

「影山様ですね、お待ちしておりました」

「……！」

ホテルのフロント係を見て僕は思わずギョッとする。

ニコニコと人畜無害そうな笑みを浮かべている青年は、なんと十三使徒の第四席だった。

名前は忘れたが、能力は確か水遣い。

他の十三使徒と比べるといまいち摑(つか)み所がない男だ。本部に常駐しているらしいが、普段どんな任務に就いているかも分からない。ただその貼りつけたような笑みが胡散臭(うさんくさ)いことこの上なかった。

そんな男がここで何してるんだ？

「ああ、今回私も救世主様の護衛に駆り出されたんですよ」

僕の表情を読み取ったのか、彼は営業スマイルを崩さず答える。

「ところで……」

彼は細い目を開き、フロントから少し離れた場所で待っている神代に視線を向けた。

「救世主様が落ち込んでるみたいだけど、どうかした？」

「……っ」

どうやら彼にも神代の気分が沈んでいるのが分かったらしい。

でも何でだろうか……不思議と長瀬の時のような感心は湧き上がってこなかった。それどころかむしろ不快だとすら思った。

「別に……夏祭りに行けなくて落ち込んでるみたいです」

僕は宿泊台帳に名前を書き込みながら、なるべく無感情に淡々と答える。

「ふーん。あ、これ鍵ね」

彼も別にそこまで興味があったわけではないらしく、適当に頷(うなず)きながら部屋の鍵を渡してきた。

建前上は高校生の小旅行なので、取ったのは二部屋だけだ。部屋割りは僕と神代、長瀬と朝霧になっている。

「同じ部屋だからって彼女に手を出しちゃダメだぜ」

「……」

悪趣味な冗談は無視し、僕は黙って鍵を受け取った。

長瀬と朝霧は一度自分たちの部屋に荷物を置きに行ったが、一緒にレストランで夕飯を食べたあとは僕らの部屋に遊びに来た。

「それで海の家でナンパされてさー」

「えーマジでー」

「マコがエロい水着着てるのが悪い」

「花恋⁉」

「確かに真琴の水着エロかったよねー」

「それ言ったら風花もでしょ！」

友達と今日の思い出話に花を咲かせる神代。

その態度は完璧に普段通りに見えるが……どうしても無理しているように僕の目には映った。

「あの水着って影山君と買いに行ったんでしょ？」

「そうなの～、私の彼氏がどうしてもエロ水着着た彼女が見たいって言うからさー」

「影山君ってエロ？」

「いや、あの水着は彼女の趣味だから」

彼女たちのお喋り（しゃべ）はその後もしばらく続いたが、やがて時計の針は八時になり、夏祭りの始まる時間になった。

「ホントに風花たちは行かないの？」

夏祭りに行く予定の長瀬と朝霧は、部屋の入り口でもう一度神代に尋ねた。

「うん。部屋で燐とイチャついてるから。ふたりは楽しんで来てよ」

「お土産買ってくるから、戻ってきた時にふたりで盛ってたりしないでよね」

「アハハッ、バーカ。いってらっしゃーい」

神代は友達を見送ったあと、部屋の奥に戻ってベッドの上にダイブした。

「あーあ……」

彼女は枕に顔を埋（うず）めて深いため息を吐く。

「……」

神代は破天荒な女だ。

だが組織の決めたルールには案外素直に従う。毎日学校帰りに寄り道を繰り返しても、実は門限を破ったことは一度もない。

それは黒鉄の言う通り、彼女が自身の価値を理解しているからだろうか？

あるいは……最初から諦めているからだろうか？

どちらにせよ彼女は今日はじめて我儘を言った。

救世主が望んだ人生初の我儘が花火って、何だそれ？

そんな願いと引き替えに彼女は命を差し出すつもりなんだろうか？

もちろんこれは極端な言い方だ……けど、そんな些細な願い事くらい叶えてやってもいいと思う。人類を救うご褒美と考えたらむしろ足りないくらいだ。

「はぁーあ……」

「いい加減鬱陶しいから、そのため息やめてくれない？」

「むっ！」

神代は枕から顔を上げて僕を睨んだ。

その顔めがけて予備の上着を投げつける。

「わぷっ！」

「それ着て。外涼しいし、いちおう変装」

「え？」

きょとんとする彼女に向かって、僕はため息を返しながら肩を竦める。

「花火、観たいんでしょ」

△

僕には影から影へ移動する能力がある。

その異能で僕らは組織の監視を掻い潜り、ホテルを抜け出した。

しかし、直接夏祭りに参加すればすぐに見つかってしまうリスクが高い。

どこなら落ち着けるか探していると、ちょうどいい高台に無人の神社を見つけた。ここなら祭りの会場と、花火が上がる海を両方見下ろせる。神社の石畳と階段も腰を下ろすのにちょうどいい。

「はい。とりあえず手当たり次第に買ってきたから」

「わーい、やきそばー」

僕が祭りの屋台で買ってきた品々を掲げてみせると、石階段に腰かけた神代が嬉しそうにバンザイする。

「あーでもなー、私も屋台回ってみたかったなぁ」

やきそばをズルズル啜りつつ、神代は眼下で躍る祭りの提灯を羨ましそうに見つめる。

「外に出られただけ感謝して欲しいね」

「あははっ、冗談冗談。ここまで来れたのも燐のお陰だもんね」

彼女は笑って人の背中をバシバシと叩く。

「まったく。運がよかったって自覚して欲しいね」

今回の護衛には十三使徒も配備されていた。

お陰で影を移動中はずっとハラハラしっぱなしだった。誰にもバレずに脱出できたのは正直言って奇跡だ。

「燐ー。リンゴ飴ってあるー？」

「あるよ」

「頂戴」

「はいはい」

何度も彼女の傍を離れないで済むように、屋台で売ってる物は手当たり次第に全部買ってきてある。彼女が食べきれなかったら僕が食べればいいし。

「キレー」

彼女は受け取ったリンゴ飴を食べもせずにうっとりと眺めている。

「早く食べたら？」

「……燐ってたまにそういうところあるよね」

「?」

そういうところってどういうところだ?

まあ別に何でもいいけど……と思っていると、彼女はリンゴ飴を舐め始める。

「ペロッ……ンッ……」

彼女は小さな水音を立てながら、リンゴ飴の表面に沿って何度も舌を上下させる。時折舐める角度を変える度、唾液でテラテラとした光沢が乱反射して見えた。

……いや、何してんの?

「ねぇこれ食べるのめっちゃ時間かかんない?」

「普通に囓れば?」

「えー? でもこれ飴だし、舐めるものじゃないの?」

「リンゴ飴は囓っていいんだよ」

「それだと歯にくっつくじゃん」

「じゃあリンゴの部分どうするのさ?」

「言われてみれば確かに……これ、皮どうやって剝けばいいの?」

「……ああもう」

まどろっこしくなった僕は彼女のリンゴ飴を横から少し囓った。

バキッと飴が割れて、甘い飴と果肉が口の中で混ざり合う。

「こうやって端っこから食べればいいんだよ」

「……なるほどー」

一瞬きょとんとしたあとに神代は頷く。

それから彼女は指で耳に髪をかけながら、反対側からリンゴ飴を囓った。

「……甘っ」

「そりゃね」

僕は口内に残った飴をバリバリ砕きながら答える。

ほかにも買ってきた綿飴とか人形焼きをふたりで食べ、ひとまず夏祭りの食に関しては彼女も満足してくれたようだった。

そうして小腹が満たされると、今度は水ヨーヨーやお面をして遊ぶ。

「うわっ！　これ難しいんだけど」

「貸して」

彼女は水ヨーヨーを上手く跳ねさせられず、僕が手本を見せると手を叩いて「スゴーい」と微笑んだ。

「お祭りってこんな物も売ってるんだね」

「いや、これは買ったっていうか釣ったっていうか」

「え？　どういうこと？」

「小さなプールに浮いてるのを針つきの紐で釣るんだよ」

「へぇー、楽しそう！」

「……」

言ってから、しまったと思った。

食べ物なら買ってこられるが、ヨーヨー釣りの屋台はここに持ってこられない。できないことを彼女に話すのは配慮が足りなかった。

「ねぇねぇ、次はこっちのスーパーボールやりたい」

「うん」

「うっわ！　スッゴい跳ねるんだけどこれー」

神代は地面で跳ねまくるスーパーボールを見て爆笑する。

次はもっと跳ねさせようと彼女は思いっきり投げつけるので、スーパーボールは物凄くバウンドして境内脇の雑木林の方へすっ飛んでいく。

当然、回収は僕の役目だ。

「少し加減してくれ！」

「ワハハッ、なくさないでねー」

「無茶言うな！」

結局半分くらいはなくしてしまった。

「あー遊んだ遊んだ」

やがて少し疲れたのか、神代は神社の石階段に腰を下ろす。

彼女がぬるくなったかち割り氷でノドを潤している——と。

ひゅるるる〜ドパンッ！

笛のような音が伸びたかと思うと、空に炎の花が咲いた。

花火が上がったのだ。

もう花火の時間かと思いながら、僕も彼女の隣に座って空を見上げる。

もう一発、夜空に花が咲く。

赤と黄色の閃光（せんこう）が夜空を照らすのを見ながら、ぼんやりと昔のことを思い出した。

僕の両親は共働きでいつも忙しかった。

だからあまり家族旅行とかも行ったことがなくて……あの夏祭りは、久々に家族四人揃（そろ）ってのお出かけだったんだ。

そんなハレの日に妹は罪華に殺されて死んだ。

「……」

せめて死ぬ前に花火を観させてやりたかった。

そんな後悔が僕の中にずっとあって、たぶんそれが今夜彼女をここへ連れてきた動機なんだと思う。

「……?」

そういえば彼女がさっきからやたら静かだ。

花火を見たらもっとキャーキャー騒ぐと思っていたのに。

僕は何気なく隣に視線を向けて、ギョッとした。

「――」

神代が涙を流していたから。

彼女は身動ぎひとつせずに空を見上げ、ただ一心に花火を見つめていた。ほかには何も目に映らないとでもいうように……ただ、ジッと。

花火に照らされた横顔には普段の騒がしさの欠片もなかった。

あるいは花火と花火の狭間に降りる闇と静寂、その中に溶けて消えてしまいそうな儚さすら感じさせる。それはあまりに幻想的な美しさを湛え、彼女の頬を流れる涙はまるで宝

石の一欠片で——僕はそれに完全に心を奪われ、彼女から目を離せなかった。

「ありがとね、燐。私に花火を観せてくれて」

「……！」

ふと彼女からお礼を言われて僕は我に返る。

気づくとすでに花火は打ち上げ終わり、僕らの座る石階段の辺りも暗くなっていた。

一体どれだけ彼女に目を奪われていたら、そんなことにも気づけないのか……⁉

「べ、別に……」

僕は動揺を誤魔化そうとしてしまうが、それをギリギリで思い留まる。

今のお礼には誠意を持って答えるべき気がしたから。

「どういたしまして」

「……えへへっ」

「何？」

「んーん」

問い返す僕に対し、彼女はさらにはにかむように微笑む。

「……っ！」

その微笑に、なぜかまた心臓が激しく脈打つ。

何なんだこれ……？

この芽生えた気持ちの正体を、僕は知らない。

「神代」

僕は彼女に何か言おうとした。

その時――何処（いずこ）からか伸びた触腕が彼女を闇へと引きずり込んだ。

第二章／裏
―残影―

WELL, I'LL BE DEAD IN ONE YEAR.

救世主が罪華(ざいか)に攫(さら)われた。

その報告は瞬(またた)く間に聖墓機関(ゴルゴダ)に知れ渡り、全背神者(イスカリオテ)が彼女の奪還のために動いた。

周辺地域の速やかな封鎖。

人払いを兼ねた結界の敷設(ふせつ)。

そして、当事者である僕への尋問。

本来ならその場で拘束されて懲罰房行きだろうが、喫緊かつ切迫した状況であるため先に救出部隊へ加われと命じられた。

もちろん断る理由はない。

僕はすぐに準備を整え、救出部隊の集う神社の境内に向かった。


「……」

「……」


境内に入った僕を見て、周囲の人間は露骨に顔を顰(しか)めた。

この事態を招いた張本人なのだから当然の反応だ。

それでも直接文句を言いに来る奴(やつ)がいないのは、僕の肩書きのせいだろう。

と、誰もが僕を遠巻きに睨(にら)む中、人の輪から飛び出してくる者がいた。

黒鉄(くろがね)だ。

「あなたは……また……！」

彼女は憤怒の形相で僕の胸倉を掴み上げるが、怒りのあまり言葉にもならなかったのか罵詈雑言は続かなかった。

だがそれで殺気が消えるわけでもない。むしろ呑み込んだ言葉の分、憎悪は増すばかりだ。あるいは次の瞬間には僕を切り刻もうとしてくる可能性も大いにあった。

「ま、待ってください！」

その時、同じく人の輪から出てきて僕と黒鉄の間に割り込む者が現れた。

この状況で僕を庇う奴なんてひとりしかいない。アネモネだ。

「燐様に乱暴しないでください。きっと何か事情が……」

「……ッ」

「ヒッ！」

彼女は黒鉄に睨まれて一瞬怯んだが、決して逃げようとはしなかった。

ぶるぶると震える両腕を広げて僕を庇う姿勢を見せ続ける。

その小動物のような怯え方に気勢を削がれたのか、黒鉄は舌打ちして離れていった。

「……ぷはーっ」

黒鉄が去ってアネモネは安堵の息を吐くが……その安心は一時のものだった。

なぜなら山中に逃げた罪華の捜索網を広げるために、救出部隊を少数ごとのチームに分けることになり、僕らと黒鉄が組まされることになったからだ。

即席のチームを作る以上、お互いの実力を把握しているのは最低限。その点はとりあえず問題ない。

が、相性は言うまでもなく最悪。

チームごとに山中に散らばって虱潰しに捜索を開始して数十分経つが、彼女は一度もこちらと目を合わそうとしなかった。

僕は別にそれで構わないが、間に挟まれたアネモネは辛そうだった。

それでも任務自体に支障はない……が、それとは無関係に状況はさらに悪化する。

救世主に惹かれた罪華が山に集まってきたのだ。

「――潰れろ」

僕は影で罪華を包み込み、そのまま奴を圧死させる。

「bhー……」

「こいつもはずれか」

潰した罪華の傍に彼女の痕跡がないのを確認し、僕は眉間に皺を寄せる。

真夜中の捜索では奴らの泣き声が唯一の手がかりだ。

しかし、こうも数が集まると、どれが彼女を攫った個体か見分ける方法がない。

今はとにかく罪華を見つけ次第狩ってはずれを間引いているが、耳障りな泣き声は増える一方だ。

「くそっ……」

好転しない状況に苛立ちが募る。

だが、僕以上に苛々しているのが黒鉄だ。

「bhーbhーbhー」

「しね」

黒鉄の声に呼応して、巨大な刃が宙に閃く。

彼女の異能は鉄遣い——土中の鉄分から生み出した鉄刃は三本。どれも全長二メートル以上あり、一太刀で木の幹を斬り倒すほど強靭かつ鋭利だ。当然、そんなもので切り刻まれれば、罪華とてひとたまりもない。

その見境のない斬撃に危うく僕らも巻き込まれそうだった。

「キャアッ！」

凄まじい剣風に押されてアネモネが尻餅をつく。

「僕の傍にいろ。あっちに近づくな」

「は、はい」

僕は彼女を背中に庇いながら進む。

だがその時、山肌を滑るように複数の罪華が転がり落ちてきた。

「影よ……」

僕はそいつらの動きを止めようとするが、それよりも先に黒鉄が前へ出る。

「しねっしねっしねっ」

黒鉄の刃はもはや台風の如く、罪華も木々も山肌も纏めて撫で斬りにした。

「……チッ！」

それでも気が収まらないらしく、彼女は荒々しく舌打ちする。

こんなにも余裕を失った彼女を見るのはいつ以来か。

「……っ」

とはいえ焦っているのは僕も同じだった。

時間が経てば経つほど焦燥感は募り、最悪の事態が脳裏をよぎる。

「あ、あの」

緊張感漂う空気に耐えかねたのか、アネモネが急に不安そうな声を上げる。

「救世主様って、まだご無事ですよね……もう食べられちゃったりとか」

「……安心しろ。罪華は救世主をすぐには殺さない」

なぜなら罪華が救世主に求めることは救済だからだ。

罪華が赤子のように泣き喚くのは他者に救いを求めているからと言われている。

奴らが人を襲っているように見えるのは、実際は助けて欲しくて縋りついているらしい。

ただ力加減ができずそのまま絞め殺したり、助けてもらえないことに逆上して食い殺したりするので、結局バケモノはバケモノでしかないのだが。

しかし、相手が救世主となれば話は別だ。

救世主は罪華を一掃できる贖罪機構だが、一方でその強大な浄罪の力を以てすれば罪華を清め、新たなる生命体に生まれ変わらせることも可能とされる。

無論それは彼女の命と引き替えになるが……。

「罪華にとって救世主は最後の救いのチャンス。脅すなり懇願するなり、とにかく彼女が折れるまで時間は稼げるはずだ」

そしておそらく彼女が首を縦に振ることはない。

ならずっと時間が稼げるのではと思うかもしれないが、先程喩えたように罪華の精神性は赤ん坊並だ。

自分を救ってくれない彼女にいつ逆上するか分からない。

それどころか開き直った罪華が嗤い出したら最悪の事態が起きる可能性すら……。

「無駄口を叩(たた)いてないで早く救世主様を捜してください！」

その時、黒鉄が僕らに怒鳴り散らした。

彼女は巨大な刃を地面に叩きつけ、血走った目でこちらを睨んでくる。

「ヒィッ！」

その形相に怯えたアネモネが僕の背中に隠れる。

だが黒鉄は彼女に興味などなく、怒りの矛先は僕にだけ向けられていた。僕が犯した過(あやま)ちの大きさを考えればそれも仕方がない。

「ああ、悪かっ……」

僕が黒鉄に謝罪しようとした時、山奥から微(かす)かな悲鳴が聞こえてきた。

それは聞き逃しようもない、聞き覚えのある少女の声で——

「——」

瞬間、黒鉄は地を蹴っていた。

「鉄よ！」

彼女は鉄刃で前方の邪魔な木々を斬り払い、最短、最速で悲鳴の主の元へ駆けていく。

「アネモネ！」

「キャッ！」

一歩遅れて僕はアネモネの腰を抱え上げると、影に乗って全速力で黒鉄を追いかけた。

薙ぎ倒された木々を影波で乗り越え、一分とかからず彼女の隣に並ぶ。

悲鳴が聞こえたのは捜索を始めてただ一度。

それまで声を上げなかったのか、それとも口を塞がれていたのか。

そして二度目の悲鳴が聞こえないのは、再び口を塞がれたのか、あるいは……。

「……ッ」

急に視界が開け、目の前に崖が現れた。

悲鳴が聞こえたのはこの先。回り道をしている時間はない。

「舌を噛むなよ！」

「ひゃう⁉」

僕は影を操り、崖をほぼ垂直に滑り降りていく。

背後では黒鉄も鉄刃を岩壁に突き刺し、落下の勢いを殺しながら同じように崖を降下していた。

山間の谷底に降り立ち、僕は木の影に手を突く。

「影よ！」

手で触れた影を通し、谷底一帯の「影に触れるモノ」を精査する。

これは得られる情報があまりに多く範囲を絞らなければ扱えない技だが、今は脳がパンクする寸前まで感覚を広げていく。

「――見つけた！　ついて来い！」

僕は後ろを振り向かず黒鉄に指示を出しつつ、再び影を走らせて谷の奥へと突き進む。

そして。

「bhーbhーbhー」

「bhーbhーbhー」

「bhーbhーbhー」

ついに複数の罪華に囲まれている彼女を発見した。

「……っ…………」

彼女は全身を触腕で締め上げられていた。

呼吸もままならないのか舌を突き出し、苦しそうな呻（うめ）き声が辛（かろ）うじて聞こえてくる。

「『影法師（かげぼうし）』」

僕は視界に捉えた罪華の影を操り、ひとまず彼女に絡（から）みつく三体の動きを拘束する。

ここから捻じ切るのはひと呼吸の間が必要だが、

「『鉄扇爪（てっせんそう）』！」

その隙を埋めるように黒鉄が巨大な鉄爪を振るい、その三体以外の罪華を手当たり次第に斬り刻んだ。一撃で五枚に下ろされた奴（やつ）らは悲鳴を上げる間もなく消滅する。

「――捻（ねじ）れろ！」

一拍遅れて、僕も拘束した三体を潰した。

「ゲホッ！　ケホッ！」

「大丈夫か⁉」

触腕から解放されて苦しそうに咳（せき）をする彼女を支え、背後に庇（かば）う。

「アネモネ、彼女を保護しろ！」

「はい！」

アネモネに護衛役を任せ、僕は黒鉄とともに周辺の罪華を虱潰しに殺していく。

それから五分と経たない内に散っていた背神者（イスカリオテ）たちも集まり、程なくして谷底一帯の罪華は殲滅（せんめつ）された。

周辺の安全が確保されたところで、罪華を刻み続けていた黒鉄が戻ってきた。

「救世主様、お怪我（けが）はございませんか⁉」

「う、うん……大丈夫……」

その返事を聞いて、黒鉄は感極まったように彼女を抱き締める。

周囲の背神者たちも大切な救世主の玉体に傷ひとつないことに安堵し、ほっと胸を撫で下ろしていた。

その後はひとまず本部まで救世主を護送する班と、山中に残る罪華を掃討する班に分かれることになった。

「……」

彼女を危険な目に遭わせた張本人である僕は残党狩りの班に加わろうとした。

だが、その時不意に彼女と目が合ってしまった。

「……無事でよかった」

さすがに無視するわけにもいかず、僕はひと言だけ声をかける。

と――

「うっ……うわあぁー！」

――直後、それまで強がっていた彼女が顔をクシャクシャに歪めたかと思うと、そのまま僕のところまで駆け寄って泣きついてきた。

突然わんわんと泣き始めた彼女を見て、周囲の連中は目を丸くしていた。

僕はその震える肩に触れてから、今更ながら気づく。

いや……本当は前々から気づいていたのかもしれない。
彼女もまた普通の女の子と何も変わらないという、当たり前の事実に。

第三章／表
—秋雨—

WELL, I'LL BE DEAD IN
ONE YEAR.

夏休みが終わり、二学期が始まった。

「風花、影山君、おはよう」

「おはー」

「おはよー真琴、花恋」

「おはよう」

駅で長瀬や朝霧と待ち合わせ、僕らは四人揃って学校へ行く。

「……」

夏祭りの夜に神代を罪華に攫われるという失態をやらかしておいて、まだ彼女の恋人役を続けられるとは思わなかった。難色を示す者は当然いたが、彼女の強い希望があって温情的な措置が採られた形だ。

その一方で彼女には行動に関する枷が増やされた。具体的には監視役が以前の倍に増え、休日には外出スケジュールの提出が義務づけられ、ついでに門限も一時間早まった。

結果的に庇われた僕の罰は軽く済み、彼女にはさらなる不自由が課された。

それでも「花火に行きたがったのは私だから」と、彼女は僕に文句のひとつも言わなかった。

「燐ー？　どうしたの？」

「っ！」

突然、神代に下から顔を覗き込まれて僕は思わず後退った。

彼女の顔が無駄にいいのは最初から知っていたはずだが、最近、不意に近づかれると驚いてしまうことが増えた。

「別に……ちょっと考え事」

僕は動揺を隠すように努めて平静に答える……一体何なんだろうこれは？

「ふーん。まあいいけど、ボーっとしてると置いてかれちゃうよ」

言われてみれば長瀬と朝霧は少し先を歩いていた。どうやら考え事をしている内に皆から遅れていたらしい。

「ほら、早く行こっ」

神代はそう言って僕の手を取って走り出す。

彼女は人の手を引っ張りながら、急に楽しそうに笑い始めた。

「ねぇ燐、二学期も楽しみだね！」

「えっ？」

「だって神イベ目白押しじゃん！　体育祭に修学旅行でしょー、それに何と言っても――」

△

「――それじゃあ学園祭の出し物を皆で決めましょう！」

教壇に立った学園祭実行委員がそう告げると、教室全体から歓声が上がった。まだ話し合いの段階なのに、早くもお祭り騒ぎである。

「わあああ！」

「いえーい！」

「……」

僕はこのノリについていけない派だが、当然神代はあっち側だ。なんか立ち上がって適当に腕を振り回している。

「はいはい静かにー。案がある人は挙手して！」

実行委員は手を叩いて皆を落ち着かせる。

すると今度は皆手を挙げて次々と案を出し始めた。

「普通に模擬店とかいいんじゃない？　クレープとか」

「メイド喫茶やりてぇー！」

「おめーがメイド服着るのかよ？」

「カレーがいいカレーカレーカレー」

「いや、祭りといえばやきそばでしょ」

「お化け屋敷！」

「脱出ゲームとか楽しそー」

「映画撮ろう映画！」

「機材あるの？」

「休憩室にしよ、皆でクッションとか持ってきてさ」

「それラクしたいだけでしょーが」

「えー中学の時もやったけどケッコー盛況だったよ？」

「はいはい。脱線しなーい」

実行委員は騒ぐ級友たちの手綱を取りながら、出てくる意見を次々と板書していく。

と、そこで神代が手を挙げた。

「はいはいはいはぁーい！　劇やりたい！」

「劇？」

それを聞いて実行委員の手が一瞬止まる。

「劇はいいけど、神代さん内容は決まってる？　脚本とか？」

「んー、そういうのはないんだけど、なんか皆でやるの楽しそうじゃん？」

「了解」

実行委員は頷き、黒板に『劇（内容未定）』と書く。

その後、大体皆の意見が出揃ったところで実行委員はいったんチョークを置いた。

見る限り、模擬店と遊べる系が多いか。次点で展示ものとか、ラクできそうな奴。

ちなみに映画とか劇とかの演る系は二、三人しかいない。

「それじゃこの中から投票で決めるけど、その前にアピールタイムね」

「アピールタイム？」

「名前だけじゃよく分かんない案もあるでしょ？　カレーだってシーフードやりたいのか本格インドカリーやりたいのかでハードルも違うし。まっ、任意ね任意。どうしてもこれやりたいって推しがある人は手ぇ挙げてー」

するとすぐに複数の手が挙がってアピール合戦が始まる。

その中にはやたらメイドやカレーに情熱を持つ奴とか、古今東西のお化け屋敷に詳しい奴とか、なんか変な連中も沢山いた。

意外と個性的なクラスだったんだな……知らなかった。

まあ、僕の中でダントツの変人といったら隣の彼女のことなんだけど。

「はいはいはーい！」

「はい、神代さん」

力強く手を挙げた彼女は満面の笑みで立ち上がる。

「さっきも言ったけど、私は劇がやりたいでーす。脚本とかよく分かんないけど、いい感じの用意してもらうから安心して」

それを用意するのはたぶん聖墓機関(ゴルゴダ)だろうな。

「でも風花ー、それ自分がヒロインやりたいだけじゃない？」

「まあ求められれば吝(やぶさ)かじゃないかな！」

からかい半分の茶々を入れられても、神代は堂々と胸を張って答える。

「あっ！　なんならキスシーンアリでもいいよ」

「!?」

キスという単語に男子たちが一瞬どよめく。

「……」

僕？　僕は神代が横目でこっちをチラ見したのに気づいたから、表情筋を総動員して無表情を貫いた。それでもなぜか彼女はクスッと笑ったけど。

「でも別に私がやるのは何だっていいの。とにかく皆で何かしたいなーって」

彼女はそう言って自分のアピールを終えて席につく。

やがて全員のアピールも出尽くし、いよいよ投票の時間になった。

「それじゃあ紙に自分のやりたいもの書いて後ろの人が回収して」

そう言って実行委員から全員に白い紙片が配られる。

「ねぇ燐」

シャーペンの音しかしない教室で、神代が僕にだけ聞こえる声で話しかけてきた。

「何？」

「もし劇に決まったら、燐は何の役やりたい？」

「演目も決まってないのに何やりたいもないでしょ」

「ノリ悪ーい」

僕が話を躱すと、彼女はいたずらっぽく微笑む。

「じゃあ、私がヒロイン役になったら？」

「……」

「燐はどうする？」

ヒドい誘導尋問だ。僕になんて言わせたいのか丸分かりすぎる……いや、それは自意識過剰かもしれないけど。

「……」

でもからかわれているのは間違いないので、僕はその質問を丁寧に無視した。

それから五分ほどして実行委員が紙片を回収し、手元で投票数を数える。

「はーい、それじゃあ発表しまーす」

そして、実行委員は黒板に大きく投票結果を書き綴った。

その結果は――

「――というわけで、私たちがやるのはメイド喫茶に決まりました！」

「おおおおおお！」

発表と同時に一部の男子が咆哮を上げ、一部の女子から悲鳴が上がった。

「はいはい静かにー、静かにー……静かにしなさいあんたたち！」

実行委員は教卓をバンバン叩くが、興奮の坩堝と化した教室はなかなか鎮まらない。

そんな騒ぎをよそに、僕は隣の彼女の横顔を盗み見る。

「……」

神代は静かに黒板の文字を眺めていた。

それから、フッと小さく笑い、

「ねぇ！　どうせなら私かわいいメイド服着たいんだけどー、衣装は誰が作るの？」

と、気持ちを切り替えるように大声で皆の騒ぎに混ざりに行った。

その後、「どうせなら男子も何か着ろ！」と一部女子からの反撃が行われ、最終的にクラスの出し物は執事メイド喫茶に決まった。

△

「よかったの？」

「え？」

放課後の帰り道、僕は隣を歩く神代に尋ねた。

「劇、やりたかったんだろ？」

あの時、彼女は本気で残念がっていた。

「君が望めば、今からだってどうとでもできるんじゃない？」

聖墓機関から学校側に裏から圧力をかけるとか……とんでもなく強引な手段だが、それが可能なのは間違いなかった。

しかし、彼女はそれを聞いて腹を抱えて笑う。

「学祭の出し物のために？　ワハハッ！　君もめちゃくちゃしょうもないこと言うね」

「……」

しょうもない話なのは同意する。

でも、神代にとっては違う。

彼女にとって今年は最初で最後の学園祭だ。

「君は皆のために死ぬんだろ？　だったら、そのくらいの我儘はいいんじゃないか？」

「……」

今度は神代が黙った。

それから彼女は耳の裏を掻いて苦笑する。

「別に、それ皆には関係なくない？　そもそも私って本当は一個下だし。無理やりあのクラスに入れてもらってるのに、私の我儘に皆を巻き込むとかナシっしょ」

「……ああそう。僕は散々巻き込まれてるけどね」

「ワハハッ！　君は彼氏だからいーの！」

神代は大笑いすると、いきなり後ろから僕に飛びかかってくる。

「重っ！」

「ブッブー！　私ちゃんの体重はコニャンコと一緒ですー。嘘吐きには罰としてマンションまでおんぶしてもらいます」

「ウソはそっちだろ！　恥ずいんだけど！」

「ほらほら、キリキリ歩けぇー」

その後、本当に駅前のタワマンまでおんぶで歩かされた。

もう物凄(ものすご)い周りから見られたし、なんなら同じ高校の奴(やつ)らにも見られた気がする。もう死ぬほど恥ずかしかった。

まあ……そんなことで死ぬ人間なんて、いないんだけどさ。

△

時間はあれよあれよという間に進み、カレンダーは十月になっていた。暦上は秋だが外の日差しはまだまだ強くて、本当に秋かと思うような陽気が続いている。

執事メイド喫茶の準備も季節とともに順調に進み、気がつけば学園祭当日になっていた。

「影山ー。在庫の数確認しといてー」

「分かった」

料理班のリーダーからリストを渡され、同じ班の僕は在庫を確認しに調理場へ行く。

教室内に仕切りを入れて区切った調理場には棚と冷蔵庫があり、その中身とリストを照らし合わせて数が間違ってないか数えていく。

「えーと、オレンジジュースが八本、リンゴジュースが……」

それにしても僕がエプロンなんか着て学祭に参加するとは。

去年は面倒でサボった覚えしかない。

なのに今年は飾り付けや買い出しまで、神代と一緒に手伝う羽目になった。

まさか僕が皆とクレープの作り方を練習する日が来るなんて……一年前までは想像もしてなかったな。

「おーい！　メイドが来たぞ！」

物思いに耽（ふけ）っていると、男子がひとりダッシュで教室に駆け込んできた。

その報告に、俄（にわか）に室内がざわざわし始める。

「お待たせー！」

それとほぼ同時に、メイド服に着替えた女子たちが戻ってきた。

「おおおおお！」

「ワハハッ男子うるせー！　盛り上がりすぎだろー！」

と言いつつ、メイド姿の神代は腰に手を当てて男子と一緒に盛り上がっている。

そのポーズはともかくとして、彼女にメイド服はよく似合っていた。衣装班はずっと家庭科室に籠もっていたので、実物を見るのは僕もはじめてだ。

それは他の殆どのクラスメイトも同じで、だからこそ初見の衝撃で彼らが雄叫びを上げるのも分からなくはない。というか、正直……。

「いやー、風花のメイド服かわいいよねー」

「!?」

突然横から声をかけられて驚いて振り向くと、そこには執事服を着た長瀬とメイド服にいつものようにマスクをつけた朝霧が立っていた。

「いつの間に忍び寄ったんだ……全然気づかなかった」

これでも結構訓練してるんだが、素人に容易く近づかれると自信をなくす。

「ははっ、それは単に影山君が風花に見蕩れてただけじゃないかな？」

「……っ！」

何か見透かされたような気がして僕は慌てて目を逸らす。

顔が熱い……クソッ、動揺を表に出してしまった。

「ていうか、長瀬はメイド服じゃないんだな」

「執事メイド喫茶だからどっち着てもいいんだよ。こっちの方が似合ってるでしょ？」

「まあ」

長瀬が執事服をビシッと決めると、そこらの男が逆立ちしても勝てないくらいのイケメンだ。

「影山」

「ん？」

朝霧は人の袖を引っ張ったかと思うと、「私は？」と問うように小首を傾げてメイド服を見せびらかしてくる。

「いいと思うよ。マスクもいつもと違う感じで」

メイド服に合わせたのか、マスクの色やデコシールもアレンジが入っていた。

「ん」

朝霧は満足したように頷き、グッと親指を立てる。

そしたら今度は長瀬が「へぇー」とニヤニヤし始めた。

「何だよ？」

「影山君ってそういうの気づくんだ」

「どういう意味？」

「だって影山君って、風花のことあんまり褒めないでしょ」

何か嫌な予感がして調理場に戻ろうとしたが、その前に長瀬に肩を摑まれて逃げられなかった。

「花恋に言えるんだったら、あっちの彼女にも言ってきてあげたら？」

彼女はクラスメイトに囲まれる神代を指差して僕に言った。

と、その時タイミング悪く彼女が僕ら三人が固まっているのに気づき、笑みを浮かべてこちらへやってくる。

「やっほー、三人で何してるのー？」

間近にやってきて小首を傾げる神代。

その何気ない仕草と上目遣いにまた変な動揺が走る。

「あー、いやー……」

「？」

僕が口ごもると、彼女は訝しむようにまばたきする。ホワイトブリムの下の大きな瞳がくりくり動いていた。

「どうしたの？」

「……！」

「ほらっ」

横の長瀬が肘で僕をつついてくる……逃げ道はないと悟り、僕は観念した。

「あーその……」

「何？」

「それ……服、似合ってる。かわいいよ」

「……？」

神代は最初何のことか分かってない風にきょとんとしていた。

「……!?」

やがて自分のメイド服姿を褒められたことに気づくと、大きな目をさらにまん丸にして口をポカンと開け、

「えぇぇぇぇーーーーー！」

と、教室中の皆が一斉にこっちを振り向く大声で叫んだ。

「どうしちゃったの燐!?　悪いものでも食べた!?」

「うるさい。正気だから、黙って」

僕は無理やり彼女の口を塞ぎ、皆には「何でもないよ」とジェスチャーを送る。

長瀬にノせられてつい言っちゃったけど、段々恥ずかしくなってきた。

「ぷはっ！　ねぇねぇ真琴、今の聞いた？　ツンケン男子装（よそお）ったムッツリシャイの燐が言うわけない単語が聞こえたんだけど！　これって幻聴？」

「ううん。私も聞こえた」

混乱気味の神代に、長瀬は軽く笑いながら頷く。

ていうか、僕のことそんな風に思ってたのか。ツンケンはともかくムッツリって……そんな素振り見せた覚えないんだけど？　まさか僕の知らないライングループで普段からボロクソに言ってたりしないよね？

なんか一瞬で益体もない考えが沢山脳みその中を駆け巡った気がする。忘れよう。

そんなことより。

「うへへー、そっかー。ついに燐も私の魅力に気づいちゃったかー」

この調子乗りまくりの女をどうするべきか。

「言っとくけど、服を褒めただけだからね？」

優越感満載の表情が気に喰わず、若干の訂正を入れる。

「ん～？　ふふふー」

しかし、彼女にはまったく通じず、にやけ面を止めるには至らなかった。

「～～～」

ああもう知らん！

僕はその場から逃げるように調理場に引っ込んだ。

やっぱり「かわいい」なんて褒めるんじゃなかった……ああクソ、顔が熱い。

「んふふー」

「覗(のぞ)くな！　もうすぐ始まるんだから客寄せパンダしてこいって！」

仕切りにかけた暖簾(のれん)の隙間から覗いてくる彼女を追っ払う。

ちなみに僕らのやり取りはクラスメイト全員に生温かい目で見守られていた。同じ調理班の仲間も男女問わず人の背中を肘でつついていくし……イチャつくなってことか!?　それは向こうに言ってくれ！

「影山にはあんなかわいい彼女がいて羨ましいなー」

「全ッ然！」

そうして彼女の『恋人』開始以来、最大の羞恥心に僕が囚(とら)われている中、いよいよ学園祭が始まった。

「いらっしゃいませー！」

「桃クレープセットふたつ入ったよー」

ボチボチと客も入り始めると、段々調理場にも注文が飛んでくる。

「ミックスフルーツ三つー」

「次ナポリタンとチョコクレープね」

「コーヒーとクッキーセットまだ？」

「はいはいはい！」

いや、なんか次から次へと注文が入ってくるんだけど……⁉

最初はまだ緩んだ空気のあった調理場は一気に修羅場と化し、あっという間に無駄口を叩く暇もなくなった。

「ナポリタンできたよ！」

「ありがと！　次バナナクレープね」

「……了解っ！」

それにしても注文も客足も途切れなさすぎじゃないか？

「一体どうなってるんだ？」

「やっぱウチのクラスの女子レベル高ぇーから」

ぼやき混じりの独り言に、隣でクレープを焼いていた調理班リーダーが律儀に答える。

その回答はシンプルだが的を射ている気がした。長瀬とか朝霧とか……あとあの女とかを筆頭に、このクラスの顔面偏差値は総じて高い。あの黒鉄も無愛想だが顔立ちは整っている。

「クレープ生地なくなりそう！　誰か買ってきて！」

「俺が！」

甘く見積もっていた在庫を早々に使い切り、僕らは急いで学校の隣にあるスーパーへ追加の買い出しに行かなければならなかった。

そのまま昼時を迎え、忙しさはさらに増してピークに達する。

だが変な話、このくらいになると僕らも忙しさに慣れてきた。

ある種のスパルタ教育（？）のお陰で、不慣れだったオペレーションにも順応し、どの順番で注文を捌いていけばいいのか分かるようになってきたのだ。

調理の隙間時間に細かい雑事を済ますコツも覚え始め、どうにか調理班が形になり始めた頃——次なる問題が発生する。

「ごめん！　誰かホール手伝って！」

前髪を汗で額にひっつけたホール班の長瀬は、調理場に入るなり拝むように両手を合わせて僕らに頼んできた。

「何、そんなヤバいの？」

調理班のリーダーが尋ね返す。

「ほら、本物のメイド喫茶みたいにチェキもやろうって話あったでしょ。あれで何人か動けなくなっちゃって」

チェキというのはメイドと一緒に写真を撮るサービスのことだ。特に神代と朝霧が人気すぎて、チェキ待ちの列までできているらしい。

「今から断るのも並んでくれたお客さんに悪いし……ホントごめん！」

「いいよ。僕が行く」

何度も謝る長瀬に軽く頷き、僕は自分から立候補する。

別に珍しく積極性を発揮したわけじゃない。単に調理班の中で僕が一番戦力が低いという合理的な判断だ。

「ワリィ影山、頼む」

「大丈夫だから。ドリンクは自分で作って運ぶよ」

それから僕はエプロンを脱いでホールに出ようとした――が、出入り口手前で長瀬に
「ストップ！」と止められた。

「え？　何？」

「ごめん。ホール出る前にこれに着替えて」

そう言って彼女は予備の執事服を渡してくる。

「こっちが頼んでるのにアレなんだけど大事だから！」

「あーもう分かったから！」

僕はひったくるようにして執事服を受け取り、調理場の隅で着替え始める。生憎、この高校に男子用の更衣室なんてないし、学祭中に人気のないところを探すのはまず無理だ。仕方がない。

「よしっ！　これでいいか⁉」

「ネクタイ曲がってる！」

「ぐえっ！」

ネクタイも結べない僕の代わりに長瀬が直し、ようやく準備ができた。

「影山、ちょうどいいからこのクレープ持ってって！」

「了解。って、これ何番テーブル⁉」

「三番！」

「……三番テーブルってどこ⁉」

「今教えるから！」

長瀬にテーブルの並びを教えてもらい、ようやく僕はホールに出た。

そこから先はもうてんてこ舞いだ。まさに鬼のような忙しさだった。チェキを撮ってる神代とも何度か目が合ったが、とても会話をする余裕などない。

もはや考えてる暇すらなく、次はこれ、次はこれ、次はこれと、もう注文に対してほぼ反射で動いていた。時々転びそうになったメイドや執事を助けたり、迷惑客を追っ払ったり、もしかしたら余計なこともしたかもしれない。無意識にバレないように影も使ったような気が……とにかく、そのくらい我武者羅にホールと調理場を行き来して働き続けた。

とはいえさすがにそろそろ目を回しそうだ——

「影山君」

——と、そこで長瀬に肩を叩かれた。

「長瀬？　何だ？　次は何を……」

「次はないない。もうピーク過ぎたから」

「え？」

言われてようやく気づいたが、あれだけ混雑していた教室内もだいぶ落ち着きを取り戻していた。廊下に延びていた列も殆ど捌け切っている。

「影山君のお陰でホント助かったよ。もう大丈夫だから休憩入って」

「分かった」

休憩と聞いて肩の荷が下りると同時に、全身に疲労感が押し寄せてくる。

とりあえずどこかでゆっくり休もうと思っていると、長瀬は急に「あっ、そうだ」と呟いた。

「おーい、颪花も休憩入っちゃってー」

「はーい！　やったー！」

休憩と聞いて神代はバンザイし、そのままこちらへトコトコ寄ってくる。

「燐も今から休憩？」

「え？　うん」

「なら、これから学園祭デートしよっ！」

「は⁉　いや、顔近っ！」

「早く行こうよっ、ねーねー！」

僕が反射的に顔を逸らしても、彼女は遠慮なくグイグイ来る。

「いいね。高二の学園祭デートは一生に一度だし、楽しんできなよ」

横で話を聞いていた長瀬もにこやかに人の背中を押してくる。

これは……休憩が同時だったことといい、ふたりともグルだな？

「あっ、でもその前にメイド服脱がなきゃ。時間かかるかも」

神代が面倒そうに呟くと、すかさず長瀬が手を横に振る。

「いいよいいよ。ちょうどいいから、ふたりともそのまま行って、執事メイド喫茶の宣伝してきて」

「ホント？　声かけとかはしなくていい？」

「大丈夫でしょ。ふたりがその格好で出歩けば十分宣伝になるし」

「りょ。じゃあ燐、行こっ！」

「うわっ！　ちょっと！」

こちらが口を挟む間もなく話は進み、僕は彼女に手を引かれて執事とメイドの格好のまま教室を飛び出した。

「燐はどこか行きたいとこあるー？」

「え、いや別に……君は？」

「私？　私は全部！」

「言うと思った」

僕は軽くため息を吐いて肩を竦（すく）め、念のため記憶しておいた各クラスの出し物の配置を脳内の校内地図にザッとマッピングした。

「……まあいいや。とりあえず何からしたい？」

「んーまずは腹拵（はらごしら）えから？　私お腹（なか）ペコペコー」

「なら三階だ。お好み焼きとか食べ物屋が結構揃（そろ）ってるから」

「へぇーじゃあ行こう！」

く。

「いや、階段そっちじゃないから」

適当に歩き出そうとした神代を引き留め、僕は一番近い階段の方へ彼女を引っ張ってい

すると、なぜか彼女がクスッと笑った。

「なんだか珍しいね」

「何が？」

「燐の方が私の手を引くのが」

言われてみれば確かにそうかもしれない。普段と立場が逆だ。

ただそれだけのことなのに……なぜだか急にムズムズしたものが胸の内に込み上げてくる。繋いだ手の平がジンッと熱くなり、少し湿り気を帯びてくる。

「別に、僕もお腹減ってるだけだよ」

僕は自分の気持ちを誤魔化すように努めて平静に言い返した。

「そうなんだ。でも燐って調理班じゃなかったっけ？」

「生憎と僕はシャイだから人目につく場所でつまみ食いとかできないの」

僕がそう答えると、彼女は「だろうね！」と大笑いした。

「あっ、そういえば燐」

「何？」

「意外と執事服似合うね。カッコいいよ」

「……！」

それは単にメイド服を褒めたことへのお返しなのかもしれない。だけどたったそれだけのことで、僕の手は余計な汗を掻いてしまうのだった。

△

それから僕らはふたりで学園祭を見て回った。

まずソースの匂いに釣られてお好み焼きを食べて、まだ暑かったのでアイスを買い、駄菓子掬いなんてものがあったのでやってみた。

「ちょっと燐！　これ全然獲れないんだけど⁉」

「がんばれー」

なかなか苦戦していたようだけど、結構楽しめたみたいだ。

その後は彼女が獲ったラムネをポリポリ食べながら、射的と輪投げで景品をいくつか獲り、体育館へ軽音部のライブを観に行った。

メイド&執事

「ウッマー」

壇上で歌と演奏を披露するバンドを観て神代ははしゃぐ。

……劇じゃなくバンドだったらできただろうか？　面子は僕と神代に長瀬に朝霧、あと彼女のためなら黒鉄も協力してくれたかもしれない。

今更だけどそんな妄想が脳裏をよぎった。

「楽しいね、燐」

ライブが終わったあと、彼女は拍手をしながら呟く。

「……そうだね」

そろそろ休憩時間も終わりだ。

僕らは最後に美術部や模型部のスペースを覗いてから教室に戻った。

「お帰りー」

「ただいまー」

長瀬に出迎えられ、僕らは再びホールと調理場に入る。

本当に何の声かけもしてこなかったけど、執事とメイドが歩き回った宣伝効果は多少あったようで、ピークほどではないにしろ客足は途絶えなかった。

学園祭後半は特にトラブルもなく、やがて時刻は夕方になって一般入場者の退場時間を迎えた。

「皆、お疲れ様！」

学園祭実行委員の一本締めにクラスの男女問わず歓声を上げ、僕らの執事メイド喫茶も店じまいとなった。

売上の確認や余り物の処理などをしつつ、僕らは店内の片付けを始める。といっても仕切り板や調理器具など、今日中に返す必要があるものだけだ。本格的な後片付けは振替休日を挟んだ火曜日からである。

なぜならまだ後夜祭が残っているからだ。

「キャンプファイヤー楽しみだねー」

「私、先輩誘っちゃった」

教室のそこかしこでも後夜祭の話題で盛り上がっている。

まだまだ学園祭は終わっていない……しかし、僕と神代は夜までに帰らねばならず、後夜祭には参加できないのだ。

「神代、そろそろ」

「……うん」

それは彼女も理解していた。

彼女は畳んだメイド服を一度ぎゅっと抱き締め、数秒ほど顔を埋める。それから何かを振り切るように顔を上げると、長瀬に声をかけた。

「ねぇ真琴ー、メイド服って教卓に置いとけばいいんだっけー？」

「そうだけどー……何？　風花もう帰るの？」

神代の質問に答えながら、長瀬は逆に尋ねてくる。

「まあねー、ちょっと用があって……」

「そんなの勿体なくない？　はずせない用事なの？」

長瀬は帰り支度をしていた僕らを引き留めにくる。彼女の隣にいた朝霧も一緒についてきて「帰るの？」と目で訴えかけてきた。

「やっ……用っていうか、ほら？　最近ウチ門限厳しくなったからさー」

「でも風花、後夜祭楽しみって言ってなかった？」

「えっと、それはいいなーって言っただけで」

詰め寄る長瀬に神代は歯切れ悪く答え続ける。

「ちょっと、長瀬さん」

その時、揉めてる僕らの横から黒鉄が口を挟んできた。

「神代さんが困っているじゃないですか。無理に引き留めるのもよくありませんよ」

「人によって事情も違うんですから」

「でも委員長」

　クラスの揉め事を仲裁する委員長のフリをしながら、黒鉄は視線で僕に「早く神代を連れて帰れ」と合図を送ってくる。

　夏の一件以来、彼女はますます厳しくなった。

　もちろんそれは悪意から来る行動ではない。むしろ二度と神代を危険な目に遭わせまいという決意の表れだ。

　彼女の行動は正しい。間違いを犯した僕とは大違いだ。

　けれど胸中に渦巻くのは、夏祭りの時と同じ感情だった。ここで神代を我慢させるのは、人類の未来のためには正しい。しかし、彼女の望みはどうなる？

　しかし、そう思って行動した結果、僕は彼女を危険に晒した。

　一体どちらが正しいのか……答えを選択できずに動けない僕を見て、黒鉄は眉間に皺を寄せる。

　そんな頼りない僕よりも先に動いたのは――長瀬だった。

「影山君、ちょっとこっち来て」

「え？」

「花恋、風花のこと捕まえといて」

「りょ」

長瀬は急に僕の制服の袖を引っ張ると、その場を朝霧に任せて教室の外へ連れ出した。

人気のない階段の下のスペースまで来ると彼女は振り返り、僕と対峙する。

「あのさ、影山君って風花の家のこと詳しい？」

「何で僕が？」

「いや、彼氏でしょ？　それにいつも一緒に帰るし、何か知ってるのかなって」

「まあ、少しは」

「あの子の家って厳しいの？」

「……だいぶ、いや、かなり」

僕は言葉を選びつつ質問に答えていく。

だけれど、こんなのは本命の話題ではないだろう。

「で、まあそれはいいんだけどさ」

案の定、彼女はすぐに話を変える。

「ところで影山君って後夜祭の伝説って知ってる？」

「……知らない」

「あっそ。まあ陳腐なよくある奴なんだけど、後夜祭に告白するとそのカップルは上手くいくって伝説。風花にその話したら結構食いつきよくて……ちょっと本気っぽかった」

その話をするのは彼女自身迷いがあったのか、一瞬躊躇うように口ごもった。

たぶん、今のは女同士の秘密だったんだろう。

しかし彼女はその禁を破り、僕にそれを話している。話す必要があると思っている。

「正直さ、私は影山君と風花ってすぐ別れると思ってたんだよね」

「……ああそう」

失礼なことを言われた気がしたが仕方なかった。そもそもが恋人ごっこなのだから、見る人から見ればそう看破されるのは当然という気がした。

だが。

「でもさ、あの海行った日のあとくらいからかな。君たち、何かあったでしょ？　あれから少し風花は君に本気になり始めた気がした」

「……!?」

その長瀬からの指摘に、僕の心臓がひとつ大きく高鳴った。

「ふたりの間に何があるのか知らないけどさ……風花は改めて君ともう一度始めたいと思ってるんだと思うよ」

心臓の高鳴りが収まらない。むしろドンドン強くなる。

まさか……神代が名残惜しそうにしていたのは、最後まで学園祭を楽しみたいからとかじゃなくて、その後夜祭の伝説のせいなのか？

もしそれが本当なら、彼女は…………僕と？

「……影山君？」

「あっ⁉　いや……！」

長瀬が首を傾げたのを見て、僕は慌てて顔を背ける。

今、自分がどんな顔をしてるのか想像もつかない。きっと凄く気持ち悪い顔だ。こめかみの辺りがジンジンと熱を持っている。そして、変な妄想が止まらない。やたら自分に都合のいい、まるで甘酸っぱい青春のような妄想が。

もし彼女が本当にそうなら僕は……あああぁぁ‼

「おーい、影山くーん」

「なっ何⁉」

「そろそろ教室に戻ろうか。花恋に任せてきたけどそろそろ限界だろうし」

「あ、ああ……！」

何か深刻な問題で悩んでいたはずだが、最後の最後で全部吹っ飛んだ。

僕は頭を振り、長瀬と一緒に階段の下から出る。

と、教室へ戻る廊下の途中、彼女は不意にフッと笑った。

「変わったと言えば、影山君も夏からなんか変わったよね」

「か、変わったって？」

「別にいいと思うよ。今の影山君と風花なら、私と花恋も応援できるしさ」

応援、か。

それは今もう十分にもらった気がする。

その上で、僕は――

「ちょっと朝霧さん！　離れなさい！」

「ぎゅう～～～」

――教室の扉を開けると、朝霧が神代の腰にしがみついて、それを黒鉄が引き剥がそうと躍起になっている場面に出くわした。

捕まえるとは言っていたが、それにしても直接的な手段を選んだなぁ。

「あ、燐」

と、そこで神代は僕らが戻ってきたのに気づいた。

「花恋、ありがとう。ご苦労様」

「ん」

朝霧も僕らに気づいて神代から手を離す。

「風花もごめんね。彼氏借りちゃって」

「……もー！　ふたりしてどこ行ってたの？　花恋と牡丹ちゃんが私を取り合って大変だったんだからー。私のために争わないで～みたいな」

長瀬の冗談に応じるように、神代も笑って大袈裟に話を盛る。

いつもと変わらないはずの口調が、今はやけに白々しく聞こえた。

「神代」

「あっ、ごめんごめん。すぐ鞄取ってくるから」

「いや、いいから」

「え？」

鞄を持ってきて帰ろうとする彼女を引き留め、僕は静かに深呼吸する。すぐ傍にいる黒鉄が鋭い眼光でこちらを睨んでいるが、分かった上でそれを無視した。

「後夜祭、本当は出たいんだろ？　なら出よう」

「でも……」

「何かあったら僕も一緒に怒られるから」

実際は「怒られる」とかそういう次元じゃ済まない可能性もあるが、長瀬たちの手前穏当な言い回しに変えておいた。

それでも僕の気持ちや覚悟は伝えられたらしく、彼女はしばらく呆気に取られた様子で動かなかったが……。

「……う……うん。燐が言うなら」

と、恐る恐るといった感じで頷いた。

その時、なぜか教室中から口笛と拍手が起こる。

「え？　な、何？」

「いや、俺らも知らんけど。ふたりがスゲーいい雰囲気だったから」

僕らのやり取りを見ていた調理班のリーダーが適当なことを言い、それに周りも頷く。

どうやら皆ノリと勢いで騒ぎ始めたらしい。

でも、この時の僕は彼らに揉みくちゃにされ、質問攻めにされてもあんまり悪い気分じゃなかった。もしかしたら僕も気持ちが昂ぶっていたのかもしれない。浮かれていた、と言ってもいい。

そう、この時点では、まだ――

——一時間後、突然降り始めた豪雨によって後夜祭が中止されるまでは。

転章

WELL, I'LL BE DEAD IN ONE YEAR.

ザぁザぁと暗幕のような雨が降っていた。

激しい雨のせいで曇天であるはずの空模様すらよく見えない。強すぎる雨足に打たれて傘は重石が乗っているようで、それが私の足を余計に重たくさせた。

「……」

「……」

私と燐は学校からの帰り道を並んで歩いていた。

無言だったのは会話するには雨がうるさかったというのもあったし、後夜祭が中止になって単純に気まずいというのもあった。

燐が後夜祭に出ようって言ってくれた時は凄く嬉しかった。

夏祭りの件もあって、聖墓機関の爺からも注意されていたし、後夜祭に出るのは最初から諦めていたから余計に。

だから、それがダメになって……正直、かなり気分が沈んでる。

「じゃ、おやすみ燐」

「あ、ああ……」

マンションに帰って部屋の前で別れる時、燐もかなり落ち込んでいるようだった。

彼も後夜祭の件を残念と思ってくれているなら、それは私にとってせめてもの慰めだ。

「はぁ～～」

広すぎる自分の部屋に帰ってきて、とりあえず鞄を置いてベッドで深いため息を吐く。

視界の端に机の上に開きっぱなしだった『救世主ノート』が映る。

本当は、今日あそこに新しいページが加わるはずだったのに……！

「～～～」

私は八つ当たり気味に枕をぼすぼすと殴り、それにも飽きてごろんと仰向けになって天井を見上げた。

ポケットからスマホを取り出すと、真琴（まこと）と花恋（かれん）からラインが来ていた。私を気遣ってくれる内容だったので、軽く返信を入れておく。

ついでにお天気アプリを開く……あと二時間は雨。

「神様って意地悪だなー」

私を救世主なんてものにしたなら、少しは忖度（そんたく）して欲しい。

最初から諦めていたとは言いつつも、未練がましく今朝も天気はチェックしていたのだ。

無事に後夜祭は開かれるのかどうか……今日は一日中晴天の予報だったのに。

「……？」

その時、何かがふと引っかかった。

お天気アプリに並ぶ雨マーク。その下には天気予報士の「季節外れのゲリラ豪雨」「突然発達した雨雲」というコメントが添えられている。

私はお天気アプリ内にあった雨雲レーダーを開いてみた。

夕方の時間帯に戻して雲の動きを見てみると、確かに都内上空に突如として雲が発生したというのがよく分かった。

ちょうど後夜祭が始まる直前に——私たちが通う高校を中心として。

「……」

私の中にとある疑念が湧き上がった。

でも、さすがに「まさか」とも思って、しばらく悩む。

悩んで、悩んで、やっぱり確かめることにした。

私はスマホの電話帳を開き、登録だけしておいた番号にはじめてかける。

「……あ、牡丹(ぼたん)ちゃん？　今から私の部屋来てもらっていい？」

△

翌日。学園祭の振替休日にあたる月曜日に、私は聖墓機関本部の地下施設に来ていた。

幼い頃は本部(ここ)で匿(かくま)われるように育てられていて、複雑な迷路のような内部構造も熟知している。だから絶妙に照明の間隔が離れてるせいで薄暗い廊下も迷わず進んでいけた。牡丹ちゃんの話では彼は組織から与えられた住居ではなく、普段からここで寝泊まりしているらしい。彼は特定の担当区を持たず、本部つきの特殊な立場なんだとか。

まあそれはどうだっていい。

なぜなら——私は怒っていたから。

「……っ！」

私は目的の部屋の前に立つと、苛立(いらだ)ちをぶつけるように乱暴に扉を蹴り開ける。

踏み込んだ室内は必要最低限の家具しかない、無味乾燥で殺風景な場所だった。

まるで部屋の主の内面を表しているようだ。

「うん？」

その部屋の主——十三使徒の水遣い、水築紫苑(みずつきしおん)は私に気づいて読んでいた文庫本から顔を上げた。

「これはこれは……救世主様。なぜこんなところに？」

彼は読みかけの本をゴミ箱に捨てて椅子から立ち上がり、その場で恭(うやうや)しく膝を突いて頭(こうべ)を垂れる。

高校へ行くようになってから久しく忘れていたけれど、私と接する人は誰も彼もこういう態度だった。

丁寧に、大切に、礼は尽くすが、情はない。

だって私はその内死んでしまう人間だから。

皆が皆、やさしい他人行儀で私に接してきた……燐以外は。

でも今は昔のことはいい。

「水築さん、ひとつ訊(き)きたいことがあるんですけど」

「はい？　何でしょうか？」

「どうして雨なんか降らせたんですか？」

「……おや？」

彼は意外そうな声を漏らす。

「誰か告げ口しました？　……ああ、黒鉄(くろがね)ですか。彼女なら貴女(あなた)に問い詰められれば答えてしまうでしょうね」

顔を見せない姿勢のまま彼は失笑する。

「まったく……救世主様が家に帰らないと報告してきたのは彼女なのに、女性の行動原理

「……」

は未だによく分かりませんね」

「いい加減、顔上げて」

私は苛立って、つい命令口調で言った。

「はい」

彼はおとなしく従い、出迎えた時と同じ愛想笑いを私に見せた。

「くだらない言い訳する前にさ、まず私の質問に答えてくれない？」

「雨を降らせた理由ですか？　それはもちろん貴女を穏便に家へ帰らせるため……」

「そういうことじゃない！」

限界が来て、私は思いっきり壁を叩く。

「昨日のことは門限を破ろうとした私が悪いんだから、組織の人が怒るのは分かるよ……でも、後夜祭まで中止にする必要なかったでしょ⁉」

昨日、教室の窓から一緒に空を見上げたクラスメイトの顔を思い出す。

実行委員の人たちが雨に濡れながら、準備していたキャンプファイヤーの道具を片づけている光景を思い出す。

「私を家に帰らせるくらい、ほかにいくらでも手段はあったでしょ？　何であんなことしたの⁉」

「なるほど、なるほど」

私がいくら責め立てても、彼の態度は変わらなかった。

「まさかそんなことで御勘気に触れてしまうとは、私の浅慮でございました。誠に申し訳ありません。御処分は如何様にでも」

彼は再び頭を下げ、その表情を私から隠した。

思いっきり顔面を蹴り上げてやろうかと思ったけど、たとえ鼻を折ったところで何のダメージも与えられないのは容易に想像できる。

でもやっぱり蹴っ飛ばした。

「ッ!?」

まるで岩の塊を蹴ったような感触が返ってきて、私は痛みに飛び上がりそうになった。けど当の本人から白々しく「大丈夫ですか?」と気遣われたくなくて、私は悲鳴を堪えながら部屋から出て行った。

「痛った……頭何でできてんのよ」

水築の部屋から十分離れた廊下のベンチで赤くなった足の甲を擦る。

骨は折れてないと思うけど凄く痛い……けど悔しいから泣かない。

でも結局大した文句も言えないまま出てきてしまった。けど、昨日の一件はあんなキック一発で到底許せる話じゃない。

しかし、直接正面から蹴っ飛ばして、今さっき返り討ちに遭ったばかりだ。

だったらやり方を変えてやる。

「……っ、よしっ！」

まだ立つと少し痛む足に顔を顰(しか)めつつ、私はエレベーターへ向かう。

呼び出したエレベーターに乗り込んだら、迷わず地上階のボタンを押した。

ノンストップで上昇したエレベーターの扉が開くと、暗い地下とは異なり眩(まぶ)しいほど瀟洒(しょうしゃ)で色鮮やかな壁紙が目に映る。

地上階の建物は一般企業に偽装されており、取り分けこの階は豪華な内装が施されていた。理由は単純、ここで一番偉い人の部屋があるからだ。

聖墓機関総司令、天王寺雨月(てんのうじうげつ)。私の爺。身寄りのなかった私の親代わりであり、同時に一番の理解者でもある。幼い頃は本部に軟禁状態だった私を解放し、救世主に対する聖墓機関の方針を改革してくれた。私が本部の外に出られるようになったのも、爺のお陰と言っても過言じゃない。

要するに、それだけ組織全体に影響力を持った人ということだ。爺に訴えれば厳罰とまではいかなくても、最低限の償いくらいはさせられるはず。あの男の鼻を明かすためならコネも権力も利用してやる……！

爺の部屋は廊下の一番奥にある。私は鼻息荒く決意を固めながらズンズンとカーペットを踏み鳴らして進んでいった。

そして、一際重厚な扉の前まで来て把手に手を伸ばそうとするが、

「あれ？」

扉が開いてる？

几帳面な爺が閉め忘れるとは思えないし、誰か先客がいて開けっぱなしにしてしまったのだろうか？

爺以外の人がいるなら今は入りづらいな……と思っていると、中から声が聞こえてきた。

「……という感じで、救世主様が私のところへ来まして」

「そうか」

私は思わず内心で「げっ！」と声を上げる。

今のはついさっきも聞いた水簗紫苑の声だった。

これじゃますます中に入りづらい。けど引き返してもあの男がいついなくなるか分からないし……むむぅ～。

私が悩んでいると、会話の続きが聞こえてくる。

「それにしてもいい子に育ちましたね。これも雨月さんの教育の賜物ですか」

「当然だ。彼女には心健やかに育ってもらわなければ困る」

おべっかのような発言に対しても爺はまじめに答える。

「……ハッ」

すると突然、あの男が失笑した。

「雨月さんでも冗談言うんですね」

「冗談ではない」

「あの子の両親を殺しておいて、心健やかも何もないでしょう」

……。

…………？

……………………は？

今、あの男、何て言った？

「不用意にそのことを口にするな」

「いいじゃないですか。ここには私たちしかいません」

「それでも、だ」

「はいはい」

爺は咎める口調だったが、言葉そのものを否定しなかった。

「しかし、あの夫妻もいい人でしたよねぇ。娘を救世主に育てるのを拒否しなければ、今頃いい生活を送れていたでしょうに」

「今更後悔しているのか？」

「いいえ、話のついでに思い出しただけです」

「……」

頭がぐるぐる、ぐるぐるぐる。

それ以上は聞いていられなかった。

私はその場から逃げ出した。

「はぁ、はぁ」

息が切れる。足がもつれる。

足下の地面の感覚がなくて、自分がどこをどうやって走ってるのかも分からない。胸が苦しかったけど、立ち止まったら穴に落ちてしまう気がして走り続けた。

事故に遭わなかったのは奇跡だったと思う……気がつくと私は住んでいるタワマンの傍で座り込んでいた。

あと少し歩けばマンションに入れるけど、今は自分の部屋に戻るのが怖かった。

「あの、大丈夫ですか？」

通りかかる人に何度か声をかけられたけど、私は放っておいて欲しいと言って耳を塞いで目を閉じた。

ずっと瞼の裏を赤い虫が這い回ってる。

頭蓋骨の内側がズクンズクンと脈打ってて、ノドの奥がカラカラに渇いていた。

しばらくその場に蹲り続けたが、組織の人に見つかる前に逃げようと思った。

「〜〜はっ、はっ」

でも、私は蹲ったまま立ち上がることができなかった。首から下が鉛のように重くなって、まるで自分の体じゃないみたいに感じた。

「……て……けて」

思えば、私はその言葉をはじめて口にしたかもしれない。

「誰か助けて」

暗闇の中で、私は身動きが取れなかった。

その時——ふと誰かが私の肩を揺すった。

私は首を振ってその手を振り払おうとしたが、今度の相手はやけにしつこかった。それが逆に苛ついて、私は肩に置かれた手を叩き落とそうとする。

「おい！」

「！」

耳を塞いでいた手を離した瞬間、相手の声がようやく聞こえる。

目を開けて、振り返る。

燐がそこにいた。

「……燐？」

「マンションの裏で何してるの？　部屋にいないから捜してたんだけど」

燐はあえていつも通りという風に呆れた口調だったけれど、私を心配して捜しに来てくれたのは見れば分かった。

そのことに気づいて、私は抑えていた感情がくしゃくしゃになる。

「ねぇ、本当にどうし……」

「燐！」

私は燐の言葉を遮って彼の首筋に縋りついた。

そうすると今度は堪えていた涙が今頃になって溢れてくる。

そして私は……ずっと言いたかった言葉を嗚咽と一緒に漏らした。

「お願い……もう逃げたいよ、燐」

第四章／表

—冬暖—

＋

WELL, I'LL BE DEAD IN ONE YEAR.

その日の朝も普段と何も変わらなかった。

「んーー」

目を覚ました僕は被っていた毛布をどかして起き上がる。

体の節々を確認してみたが、案外どこも痛くなかった。

「……マンガ喫茶には住めるって本当だったんだ」

空調が利いてて食べ物も飲み物もあるし、広めの個室は床が低反発素材で毛布まで貸してくれる。至れり尽くせりだ。

「んぅ」

その時、すぐ隣から小さな寝息が聞こえた。

同時に隣の毛布がモゾモゾと動き——その下から神代が顔を出した。

「おはよう」

「……おはよー」

彼女は寝ぼけ眼を擦りながら欠伸をする。

「僕は代金支払ってくるから支度しておいて。今日もなるべく移動するから」

「んー……あと十分」

「毎朝同じこと言ってないで、さっさと起きてくれない？」

△

あの日、僕は神代から話を聞き、聖墓機関（ゴルゴダ）が額面通りの救世組織ではないと知った。

「……黒鉄（くろがね）は知ってたのか？」

「どうだろ……。牡丹（ぼたん）ちゃんは知らないかも」

彼女のお世話係だったならもしやと思ったが……いやしかし、黒鉄の態度は救世主の信奉者には見えたが悪辣には見えなかった。

それにどちらだったとしても結局彼女は組織側の人間だ。

「……逃げたいって、本気で？」

話をしながら徐々に彼女が落ち着いてきたタイミングで、僕は肝心な話を切り出した。

「逃げるって組織からってことだよね？」

神代は無言で頷（うなず）く。

「逃げてどうするの？」

「分かんない」

「学校は？　体育祭とか修学旅行は？」

「うん。もういい」

「友達は？　たぶん、もう会えないよ」

「いい」

質問に答え続ける神代は、まるで魂が抜けたような目をしていた。声も力がなく、何もかもがどうでもよさそうに見えた。

「救世主のことも、もういいってこと？」

神代が救世主の役目を放棄するなら人類は滅びる。

彼女が逃げるということはそういうことだ。

「……うん」

神代は数秒の沈黙のあと、それを肯定した。

「それでいいんだ」

「いいよ」

「皆を救うために生まれてきたとか言ってなかった？」

「あはは、そんなこと言ったっけ？」

「……まあ、もう聖墓機関の連中のこととかはどうでもいいんだろうけどさ」

僕も含めて、と心の中で付け足す。

「でも、長瀬とか朝霧も死んじゃうよ」

「いいよ。友達なら私と一緒に死んでくれるでしょ？」

神代は笑いながら笑えないことを言う。

「そもそも最初から無理あったんだよ、皆のために死ぬとか。ていうか、友達とか大切な人のためなら本当に死ねる人って、世の中にどれくらいいるの？　無理じゃない？　私は無理」

「……僕に聞くなよ。友達いないんだから」

「アッハッハッハッ！」

僕の自虐混じりのつまらない冗談に、神代は腹を抱えて笑った。

その姿を見て、僕は意外にも彼女に落胆する自分がいることに気がついた。

救世主なんてものに興味ない。むしろ僕の仇討ちを邪魔する存在と思っていたのに——それでも、自分の命を捧げて人類を救う役目を担う彼女のことを、心のどこかで尊敬していたらしい。

だが、その尊敬の根底にあるのは英雄崇拝と他人事であるがゆえの安堵だ。

皆のために死ぬなんて凄い。

死ぬのは僕じゃなくてよかった。

でもどうやらそれは幻想だったようだ。

彼女は人々から尊敬され、崇拝されるべき救世主なんかじゃない。

「君ってもっと自分に素直な女だと思ってたけど、本当は嘘吐きだったんだね」

神代風花は嘘吐きだ。

救世主じゃなかった。

ここにいるのは自分の意思とは無関係に重たい役目を背負わされた——普通の女の子だった。

「……分かった」

「え？」

まだ泣き腫らした痕の残る彼女の顔を見つめながら僕は呟いた。

「ここから逃げよう」

△

その翌日、僕らは登校を装って逃げ出した。

夏祭りの時と同じように影に潜って監視の目を掻い潜り、公園のトイレで着替えを済ませ、ＧＰＳなどで足がつかないようにスマホを捨ててから、タクシーで組織の影響力が落ちる他県を目指した。

ひとまず県境を跨(また)いだところでタクシーを降り、そこからは再び僕の能力を使って移動をした。影に潜り続けるのは疲労感が途方もなかったが、監視カメラや人目につかないというメリットもあった。

とにかく昼間は体力の限界まで影を移動し、夜間はマンガ喫茶で体を休めた。マンガ喫茶なら偽名で利用しやすいし、今は全国チェーン店ならどこも宿泊に必要なものが揃(そろ)っているから有難(ありがた)い。特に大体の店舗にシャワーがあるところが彼女には好評だった。

「ふあぁ、気持ちよかった」

マンガ喫茶に入って早速シャワーを浴びに行った彼女が、サッパリした顔で個室に戻ってきた。

すでに逃亡から二週間弱経(た)つが、彼女はこの生活にすっかり順応していた。元からバイタリティに溢れる性格だったし、弱音を吐かないでくれるのは素直に助かる。

「燐(りん)はシャワー浴びないの？」

「僕はもう少しあとでいいかな」

「ふーん」

彼女は低反発ウレタンの床に座りながら濡(ぬ)れた髪にタオルを当てている。と、その髪先から水滴がポタリと落ちた。

「あっ！　ちゃんと髪は拭いてきてくれって言っただろ」

僕は小言を言いながらティッシュで濡れた箇所を拭う。

「ごめんね」

「……！」

耳元で謝られ、かかった吐息に思わず顔を上げる。

すると、予想以上に近い距離で彼女と目が合い、僕は再び息を呑(の)んだ。同時に彼女のお風呂上(ふろあ)がりの匂いが鼻腔(びこう)をくすぐる。視界の端にはシャツの隙間から彼女の鎖骨と白い肌が映った。

「……いいけどさ」

心臓に悪いと思いながら、僕はそっぽを向いてティッシュをゴミ箱に投げ捨てる。

「ねぇ、ところでこの服どう？」

彼女は話題を変えて、今日買ったばかりの秋物服を見せびらかしてくる。

「ああ、いいんじゃない？」

「もーテキトー」

「いい加減、僕がボキャ貧だって気づいてくれない？」

ちなみに服はお互いに四〜五日くらいのペースで買い換えていた。理由は単純で、同じ服を着続けるとすぐダメになってしまうからだ。

ただでさえ未成年の男女の二人組。その上薄汚れた格好でウロウロしていたら、組織に見つかる前にマンガ喫茶の店員に通報されてしまう。

いちおう二、三着用意してコインランドリーで洗いながら着回す案も考えたが、身軽さを優先して毎回買い換えることにした。

「……けど服とかシャンプーもそうだけど、宿泊費とか食費とかお金大丈夫なの？」

「そこは心配しなくていいから」

「もしヤバかったら私の着た服とかマニアに売っても……」

「どこでそんな知識身につけたの？　絶対売らないでね？」

逃走資金は初日に銀行で下ろしてきたが、数年ぶりに残高を確認したらエラい額になっていた。

どうやら罪華（ざいか）討伐の手当てが組織から相当額振り込まれていたらしい。それこそ持ち歩くだけで犯罪に巻き込まれそうな金額だったが、普段は影の中にしまっているので泥棒対策も万全……というのを丁寧に説明した。

「そっか……じゃあ、カツカレーと牛丼頼んでいい？　お腹空いちゃった」

「はいはい」

彼女の現金さに呆れつつ、僕も好きなものを注文して一緒に夕飯を済ませた。

夕飯後に僕はシャワーを浴びに行き……個室に戻ってくると彼女は少女マンガを読んでいた。

「あ、おかえりー」

「ただいま」

床に積まれたタイトルを見ると、どうも見覚えがある。

……ああ、彼女の部屋の本棚にあったマンガだ。

僕の視線に気づいた彼女が軽く照れ笑いする。

「ちょっと懐かしくなっちゃって。燐もマンガ借りてきたら？」

「僕はいいよ」

「そ」

それから寝るまでの間、僕はパソコンでネットニュースや明日の天気をチェックし、彼女はマンガを読んで過ごした。

「ふわぁ」

零時前、彼女があくびをする。

「そろそろ寝る？」

「んー」

「じゃあ、毛布借りてくるから」

僕はタオルで汗を拭い、フロントへ毛布を借りに行く。

が、そこで少し困ったことになった。

「申し訳ありません。当店では個室ひとつにつき毛布は一枚までになっておりまして」

「え……そうなんですか？」

全国チェーンでもマイナールールの違いは多少あるらしい。

「かなり大きなサイズですので、二名様でも問題なくご使用いただけますが」

「……分かりました。じゃあ、それでお願いします」

そうして貸し出された毛布は掛け布団（ぶとん）並に大きかった。

「おかえりー、ってデカッ！」

「ちょっと床片づけて」

毛布を置くためのスペースをあけてもらい、僕は事情を説明する。

「そっかー」

「どうする？　毛布一枚しかないけど」

「え？　仕方ないじゃん。ふたりで使おうよ」

「……まあ、君がいいなら僕もいいよ」

個室内の電灯を消すと、天井の夜間照明だけになって意外と暗くなる。

「おやすみ」

「おやすみー」

僕は神代と同じ毛布に潜り込み、彼女に背を向けた格好で目を瞑る。

「……」

しかし、二十分ほど瞼を閉じても寝られる気配はまるでなかった。

「燐。起きてる？」

僕が眠れずにいると、ふと名前を呼ばれた。

「……何？」

彼女も寝てなかったのかと思いつつ返事をする。

「寝れなくてさー、燐も寝てないかなーって話しかけただけ」

「何それ？　早く寝なよ」

「だから寝れないんだって」

彼女は小声でクスクスと笑う。

「ここって今どの辺だっけ？」

「たぶん、京都と兵庫の間くらい」

「まだ西に行くの？」

「それしか選択肢ないし」

都内を出る時に北か西かの選択肢があったけど、これから寒くなる時期に北は論外だ。

万が一、野宿になったら命に関わる。

「パスポートがあったら海外に高飛びできたのにねぇ」

「……まあ、しょうがないよ」

神代は夏休み後半に海外旅行も計画していたが、問題は救世主に引き寄せられる罪華。聖墓機関（ゴルゴダ）が渡航許可について現地政府と折衝していたのだが、そこへ夏祭りの一件だ。管理体制が万全でないとつつかれて全ておじゃんになった。

「……」

そういえばすでに逃亡生活も二週間になるけど、未（いま）だに一度も罪華に遭遇していない気がする。

偶然か……あるいは説明された罪華の生態に嘘（うそ）が含まれていたか。

ただの幸運にしてはできすぎているし、後者の可能性も十分あり得る気がした。

「どうしたの？」

僕が黙っていたせいか、神代が訝しむように尋ねてくる。

「別に……それよりもう寝よう。明日もできるだけ移動しないと」

「燐」

「何？」

「燐は、何で私と一緒にいてくれるの？」

「君が逃げたいって言ったからじゃないか」

「私は逃げたかったけど、君は違うじゃん」

「……」

「ねぇ、どうして？」

「それは……」

「それは？」

閉じた瞼の裏側にさっき間近に見た彼女の姿が映る。

しかし、僕はそれを胸の中にしまい込むと、別の答えを探した。

「……君が妹に似てる気がしたから」

「妹？」

「昔死んだ妹……君を見てると妹を思い出して……年下だし、護りたいと思ったんだ」

「……そっか」

そう言って彼女は小さなため息を吐いた。その時のため息は、吐息に混じる湿り気がうなじに感じられるほど、すぐ傍で吐かれたような気がした。

△

逃亡生活も一ヶ月を超え、十一月に入る。

残暑の気配は過ぎ去り、季節は短い秋に移り変わっていた。

紅葉で色づく山々を横目に山陽道を西へ西へ逃げてきた僕らは、下関から海底トンネルを抜けてついに九州へ渡る。

聖墓機関の追っ手を躱して本州を抜け出した……完全に逃げ切れたとは言えないが、ここをひとつの節目と感じ、僕らはそこで一度立ち止まって話し合った。

議題は今後の方針について。

まず移動に船が必要な沖縄まで行くのはやめることにした。もし目撃情報を拾われたらあっという間に捜索範囲を絞られて捕まるリスクが高まるからだ。

次に、南下するか、もしくは長崎の方へ行くか。

これはしばらく話し合ったが、そもそも僕らは九州の土地柄をよく知らないため、一度保留することにした。

最後に最も肝心なことを決めなければならなかった。

即ち、このまま逃げ続けるのか、それともどこかに隠れるのか。

彼女が救世主を放棄するなら人類という種の寿命はあと五ヶ月弱。そのくらいなら逃げ続けられるだけの逃走資金は残っていた。

だが前者は常に緊張感を強いられ、精神的にかなり辛いものになる。

一方で後者は見つかるリスクは上がるが、一箇所に留まるため心の拠り所が生まれる。精神的にはだいぶ楽になるはずだ。

どちらも一長一短あって話し合いは長く続いたが、最終的には後者を選択した。

方針を決めた僕らは潜伏先を探すために再び移動を開始した。

監視カメラの多い都市部は避け、よそ者がめだたないくらいの田舎町を見つけた。

それから不動産屋を巡って住む場所を探したものの、未成年に貸してくれるところはなかなか見つけられなかったのだが……。

「実は結婚に反対されて彼女と駆け落ちしてきて……」

最終的にはそんな嘘をでっち上げ、神代の泣き落としでどうにか築二十年の安アパートを借りることができた。

「大家さんいい人でよかったねー」

「騙してると思うと心苦しいけどね」

とはいえ、住む家を見つけられたのはひと安心だ。

とりあえずその日の内に近くのホームセンターで生活用品を買い込み、カーテンの取り付けや掃除などをしている内にすっかり夜になっていた。

「お風呂どうするー？」

「急な話だったから、ガスは明日になるって言ってたよ」

「そうだったー」

神代はガーンと口で言って畳の上に寝転がる。

「銭湯でも行く？」

「んー……別にいいや。今日は疲れたし、動きたくなーい」

彼女はそう言いながら手足をばたつかせる。

まるで子供みたいだと思って眺めていると、ふと目が合った。

「燐もこっちおいでよ」

「何で？」と口をついて出そうになったが、あんまり彼女が楽しそうだったので僕はおとなしく隣で仰向けになった。

「天井のあれ、何のシミかな？」

「さあ？　雨漏りかな？」

「だったらちょっと困るね」

「明日ホームセンターで脚立（きゃたつ）買ってきて調べてみるよ」

「あと服と下着も買いに行かなきゃ」

「ようやく捨てずに済むしね。それに冷蔵庫と洗濯機と……」

「クシュンッ！」

その時気が緩んだのか、彼女が急にくしゃみをした。

「あはは、あとヒーターも必須かな」

「……そうだね」

しまった。電化製品を買うのは明日に回していたが、暖房器具は今日中に買ってくるべきだったか。

「とりあえず、体冷やす前にもう布団（ふとん）敷いて寝ようか」

「えっ、もうお布団敷いちゃう？」

「……何？」

　そこでなぜか彼女はわざとらしく頰に手を当てて体をくねらせる。

「だって、私たち駆け落ちしてきたんでしょ？　つまり今夜って初……」

「アホなこと言ってると外に放り出すけど？」

「この旦那さん冷たーい」

「いいからどいて」

「キャーDVー」

　邪魔な彼女を足でどかし、僕は布団を二組敷いた。

　寝間着になるものはまだ買ってきてないので、あとは歯を磨いて寝るだけだ。

「電気、消すよ」

「んー」

　僕は部屋を暗くして布団に入る。

　布団からは新品独特の布の匂いがして気持ちよかった。

　これならよく眠れそうだ……と思っていたら、人の布団に不法入国してくる不届き者が現れた。当然、彼女だ。

「何なの？」

「だって私の布団まだ冷たいんだもん」

「その内温かくなるよ」

「温まる前に風邪引いちゃうよ」

「何をバカな……」

僕は呆(あき)れ返るが、彼女は布団から出ていこうとしなかった。

「寝る前に自分の布団に帰ってよ」

仕方なく僕はそれだけ言って彼女に背を向ける。

そのまま目を閉じるが——ふと自分以外の体温を背中に感じた。

僕が硬直していると、後ろから彼女の腕が回される。強い力ではないが、偶然とか寝惚(ねぼ)けてではないのは明らかだった。

「……くっつきすぎじゃない？」

「夫婦ならいいでしょ」

「それは大家さんを騙すための嘘だろ」

僕がそう言うと、数瞬彼女は口ごもる。

「別に……嘘じゃなくてもいいんじゃない？」

彼女の腕に少し力が入る。

「……」

「……」

それ以上はお互いに動けなかった。

その間も体と体の触れ合った箇所がじんわりと熱を持ち続け、身動きが取れれば掛け布団を蹴飛ばしたいくらいだった。

しばらくしてから、僕は改めて口を開く。

「あのさ……前にも訊(き)いたと思うんだけど」

「何？」

「どうして僕に彼氏役を頼んだの？」

「……」

次は彼女が沈黙する番だった。

「…………君が私に何の興味もなかったから」

かなりの間を置いて、彼女は僕の質問に答える。

「だから、君なら私が救世主を辞めても赦(ゆる)してくれると思ったの」

「……へぇ」

本当の答えを受け止めて、僕は小さく頷(うなず)いた。

「なら、結構最初から逃げるつもりだったの？」

「ううん。あの頃はまだ逃げることまでは考えてなかったけど、いざとなったら怖くて死ねないかもとは思ってた」

「ああ……そう」

救世主による救済は本人の意志に委ねられている。

ゆえに他人が強制することは不可能で、直前で彼女が死にたくないと言えば周りはどうすることもできないらしい。

もしそうなったなら人類は滅亡するが……滅びる直前まで彼女はあらゆる罵詈雑言(ばりぞうごん)を浴びせられるだろう。中には逆上する者まで現れて、皆が死ぬことの責任を彼女に取らせようとするかもしれない。

だがそれは逆恨みも甚だしい。罪華(ざいか)は人の犯した罪から産まれたモノで、世界が滅びる原因があるとすれば、その根本は全人類にある。

彼女は偶々(たまたま)その全てをゼロに戻す力があっただけだ——それを使わなければならない義務までは負っていない。

「とりあえず『顔がいい』なんて理由よりは納得できるよ」

「……アハッ、そんな昔に言ったことまだ覚えてたんだ？」

「復讐(ふくしゅう)が生き甲斐(がい)だったからね。執念深い性格なんだよ」

「こわー」

神代は小さな笑いを漏らし、僕の背中に額をコツンと当てた。

「なら、ずっと恨んでてくれてもいいから、最期(さいご)まで私と一緒にいてよ」

「……」

「私は死ぬまで君と生きていたい」

彼女の声は布団の中でくぐもって聞こえたが、その願いは僕の中まで届いた。

僕は彼女の手をそっと握る。

「君のことは僕が最期まで護(まも)るよ」

△

それからすぐに秋は終わり、あっという間に冬が訪れた。

こうした逃亡生活で一番のネックである金銭面に余裕があるお陰で、師走(しわす)で慌ただしい世間をよそに、僕らはのんびりとした穏やかな日々を送っていた。

どうせ人類が滅びるならいっそ散財して贅沢暮らしをしてもよかったが、特にそれはしなかった。そもそもお金を使えるような場所がこの町には少ない。

だけど別に、僕も彼女もそれならそれで構わなかった。

「今日も暇だしどうしよっか？」

朝起きて僕の作った朝食を食べ終えると、彼女は決まってそう言った。

「そうだね、今日は――」

テレビから流れる朝のニュースを聞きながら、僕らは一日の予定を決める。

予定といっても他愛もないものばかりだ。近所の山道を散歩するとか、お婆さんがやっている古本屋を覗くとか、ファミレスに入ってずっと駄弁るとか、何でもないこと。

そうやって何でもないことをする内に陽が暮れて夜になり、アパートに戻ってこたつに入って一緒にまたテレビを観る。

「……」

こんな毎日を送れるなんて、少し前まで思いも寄らなかった。

結局、逃亡中もこの町に来てからも、組織からの追っ手は一度も姿を見せていない。

影移動の痕跡を追うことができなかったのか、元々追ってきていないのか……理由は判然としないが、来ないでくれるなら別にそれで構わなかった。

この日々を失いたくない。

最初は彼女の願いに応えただけだったが、いつの間にか僕自身もそう願うようになっていた。

あれほど家族の復讐のために修行を続けてきたのに……不思議だ。

聖墓機関(ゴルゴダ)で罪華を狩り続けた毎日がもう遥(はる)か遠い昔のように感じる。

「わっ！　燐ー、明日雪だって！」

「雪？」

彼女に言われて顔を上げると、明日の天気予報が流れていた。

テレビ画面の向こうでは、明日は昼頃から雪が降り、夜には積もるかもしれないと天気予報士が語っていた。

「雪積もるかもだって、凄(すご)いね！」

彼女の声はやけに弾んでいた。

「もしかして雪を見るのもはじめて？」

そういうことかなと思って、軽い気持ちで尋ねる。

「そうだけど！　まさか燐、気づいてないの？」

「？」

なぜか神代は若干不機嫌そうになり、急に立ち上がったと思ったら壁掛けカレンダーの『24』を指でトントンと叩く。

「明日はイヴでしょ。雪が降ったらホワイトクリスマスだよ！」

「あー」

そういえば世の中にはそんな行事もあった。

「燐ってたまに常識ないよね」

「君に言われるとヘコむね」

「どういう意味～？」

「いふぁいいふぁい」

「ワハハッ、変な顔！」

神代は僕の頬を抓ってきたが、あまり怒っている様子はなかった。

「最後のクリスマスに雪降らしてくれるなんて、神様もたまにはサービスいいね」

「そうみたいだね」

本当にたまにだけど。

「ねぇ、燐」

彼女は新しく買ったテーブルドレッサーの抽斗から一冊のノートを取り出した。

それはあの『救世主ノート』だ。

組織から逃げ出した時、彼女が持ってきた数少ない手荷物のひとつがこれだった。

「私さ、彼氏とプレゼント交換してみたかったんだよね」

「………ふーん」

そう言うからにはノートにも同じことが書かれているのだろう。

彼女が死ぬまでにやりたい願いのひとつが、クリスマスのプレゼント交換。彼女のことを大切に想うなら是非とも叶えるべきだ。

それはそれとして僕は背中に冷や汗が流れるのを感じる。それはもう滝のように。

努めて表情に出さないようにしたが、彼女はジロジロと怪しむ目で僕の顔を覗き込んできた。

「燐……まさかと思うんだけど」

「……」

「クリスマスプレゼント用意してなかったなんてことないよね？」

僕は目を逸らしたがそれで逃げ切れるはずもなく、ついに観念して「はい……」と事実を認めた。

「嘘でしょ。信じらんないんだけど」

「クリスマスの存在自体忘れてた奴にそんな期待されてもね」

　半ば開き直って僕は答えるが、しょんぼりする彼女を見てさすがに罪悪感を覚え、両手を上げて降参した。

「明日買ってくるから、それで勘弁して」

「近所のスーパーの生花店でテキトーに選んだ花束とかだったら許さないから」

「……前に行ったショッピングモールまで行って探してくるよ」

　この辺りは寂れた田舎町という風情だが、十数キロほど離れた場所に広い土地を利用した大型ショッピングモールがある。以前、冷蔵庫などの大型電化製品を買うために彼女と行ったことがあった。

「あ、じゃあついでにケーキも買ってきてよ。その間に料理は私が作っとくから」

「えっ？」

「えって何よ？　昼にショッピングモールまで行くなら、燐が帰ってきてから料理する暇ないでしょ？」

　確かに僕の能力を使っても行き帰りだけで数時間はかかる。さらにプレゼント選びに費やす時間を考えると、役割分担しようという提案は正しい。

　ただ懸念点があるとすれば……。

「君、料理できたっけ？」

僕が恐る恐る確認すると、彼女はニコッと微笑む。

「彼女の手料理なら全部食べてくれるわよね？」

「……あんまり無理しないでね」

△

翌日は朝から空気がシンと冷えきっていた。

「寒っ！　暖房暖房」

一緒に起きた彼女は布団を被ったまま暖房のスイッチを入れ、僕も震えながら朝食の準備を始める。

「これは本当に雪降りそうだねー」

「そうだね」

窓の外を見ると空は曇天で、今にも降り出しそうな雰囲気だった。

手早く朝食を食べて身支度を整えた僕は、プレゼントを買いに行くためにアパートを出る。

「じゃあ、なるべく早く帰ってくるから。僕が戻るまで家から出ないでね」

「りょーかい」

玄関で神代に見送られ、僕はアパートから離れたところで影に潜った。

時々地上を覗いて現在地を確認しながら進み、昼前に件のショッピングモールまで辿り着いた。

「うわっ……」

クリスマスだからだろうか、ショッピングモールはとんでもなく混雑していた。高校のグラウンドの倍以上ある敷地が人で溢れ返り、人波に流されて歩きづらい。

「ちょっ、あの、スミマセン……！」

物覚えは悪くないつもりだが、一度来たきりの場所で、しかも前回は電化製品と家具だけ買って帰った場所だ。まず彼女へのプレゼントを買うお店を見つけるのが一苦労だった。

どうにか服屋やアクセサリー店に入っても、次は何を買えばいいのかでまた迷う。

スマホがないので調べ物もできず、頼りになるのは自分の記憶しかない。

今まで見てきた彼女の姿を思い出しながら考える。

彼女が好きな色。

好きな服。

好きと話していたキャラクター。
行きたいと言っていた場所。
食べたいと言っていたお菓子。
長瀬がしているのを見て羨ましがっていたネックレス。
朝霧と遊ぼうと約束していた新作ゲーム。
逃亡生活中で何も言わなかったが、彼女が目で追っていた物。
「……」
僕が彼女に似合うと思った色。
ふたりでデートした場所。
旅行先で見た風景。
いつもの笑顔。
目を奪われた表情。
気づかないフリをしたこと。
「お客様、お決まりですか？」
「……いえ、もうちょっと見てみます」
僕は次のお店へ移動する。

何度も何度もお店を行き来し、行っては戻るを繰り返すが、どれが一番喜んでもらえるのか無限に悩みが増え続けてどれにするか決めることができない。

そんな時にふと甘い香りに気づく。

匂いの元を辿ると、そこにあったのは花屋だった。

「いらっしゃいませー。恋人へのプレゼントに花はいかがですかー?」

店先では店員の女性が呼び込みをしている。

僕はその言葉に釣られるようにフラフラと中へ入った。

「いらっしゃいませー。どんな花をお探しですか?」

「あ、いや……」

店員に明るく声をかけられるが、僕は言葉に迷って口ごもる。

「クリスマスのプレゼントを探してたんですけど」

「好きな人にですか?」

「えっと……ただ実は、その子に花束はやめろって釘(くぎ)を刺されてて」

「あら～」

前提を覆(くつがえ)す僕の発言に、店員も困ったような反応をする。

「その人は花があまりお好きじゃないんですか?」

「……いえ」

そうではなかった気がする。

旅行先にフラワーガーデンがあれば必ずスケジュールに入れていたし、休日に植物園に付き合わされたこともある。花言葉にも詳しい。

それに来年の春には桜が見たいと言ったこともあった気が……。

『近所のスーパーの生花店でテキトーに選んだ花束とかだったら許さないから』

昨日の彼女の発言を正確に思い出す。

あれはもしかして逆の意味なんだろうか？　テキトーじゃなく、ちゃんと考えて選べ的な……だとしたらなんて分かりづらいヒントなんだろう。

けど本当にこれが正解だろうか？

これは彼女に贈る最初で最後のクリスマスプレゼントだ。

どうしても失敗できない。

なんとしても喜ばせたい。

そのためには贈り物以上に――僕の気持ちを彼女に伝えられるモノじゃなければいけないんじゃないか。

「あの」

「はい？」

「いろんな花を使って花火みたいな花束って作れますか？」

「花火みたいなですか？　そうですね、お客様のイメージをいただければ……」

「じゃあ、ちょっとお願いします」

僕はあの日彼女と見上げた花火の色合いを必死に思い出しながら、店員の協力を得て花束を作ってもらった。

「合計で一万八千円になります」

「はい」

気づいたら凄く大きくなって値段も跳ね上がってしまったけど。

それから僕は花束が潰れないように気をつけつつ、ふたり分のケーキを買ってショッピングモールをあとにした。

「……げっ」

外に出て時計を確かめると、思った以上に時間が経っていた。

「ヤバい、急いで帰らないと」

僕は慌てて人気のない場所へ移動して影に潜ると、全力で移動を開始した。

夜までには十分間に合うはずだが、日没ギリギリになってしまいそうだ。本当は余裕を持って帰宅して料理を手伝おうと思っていたのだが……これは彼女の腕前に期待するしかない。

「まあ、いっか」

昨日は冗談っぽく脅されたが、実際彼女の手料理を食べるのははじめてだ。出来はどうあれ食べるのを楽しみにしている自分もいる。

彼女の作る料理の味や、彼女からのプレゼントを想像しながら、僕は彼女が待つアパートのある町までの帰路を急いだ。

そうして、そろそろアパートの傍（そば）まで来たと思い、地上に浮上した。

その時。

「rlーrlーrlー」

突如として頭が割れそうなほど巨大な嗤（わら）い声が響き渡り、同時に地響きのような震動が大地を揺るがした。

「!?」

バランスを崩してつんのめった拍子に、僕は手にしていたケーキの箱を落としてしまった。

箱の蓋が衝撃で開いてしまい、中身が地面に落ちてグシャリと潰れる。

「……っ⁉」

だが、それを気にする余裕はなかった。

「rlーrlーrlー」

その天を衝(つ)くほど巨大な花弁は、まるでドブのような臭気を放ち、奇形じみた手足は悪意の棘(とげ)が生え、そいつが蠢(うごめ)く度に足下の建物が破壊された。

「rlーrlーrlー」

嗤う罪華はそれが愉快とでもいうように、耳障(みみざわ)りな哄笑(こうしょう)を響かせる。

空から降り始めた白い雪が奴(やつ)の瘴気(しょうき)に触れることで黒く染まり、世界を暗黒に染め上げていく。

それはまるで世界の終わりのような光景だった。

「あの罪華(ざいか)は……まさか⁉」

第四章／裏
―面影―

✝

WELL, I'LL BE DEAD IN ONE YEAR.

――アイツだ！――アイツだ！――アイツだ！

――生きていた――消滅したと聞かされていたのに――死んでいなかった！

――仇が――僕から全てを奪ったバケモノが――僕の復讐が！

罪華の幼体、即ち集合無意識から浮上したばかりの奴らは常に耳障りな泣き声を響かせる。赦しを請い、存在が罪である己を嘆き、苦しみに悶えている。

だがあるラインを越えて開花した罪華の成体は一転して嗤い声を上げる。

自分が決して赦されないことを悟り、嘆きを捨て、己の存在に苦しむことを辞めるのだ。

成体と化した罪華は幼体時とは比べ物にならないほど強い。当然だ。奴らは己の悪意を撒き散らすために行動する。泣き喚く赤子に過ぎない幼体とは行動原理が根本から異なるのだから。

奴らは何でも壊すし、何でも殺す。人だけでなく、気を晴らせるなら何でもいいのだ。

それは八つ当たりでもあるし、この世に産まれた復讐でもあるのだろう。

しかし、そんなことは僕には関係なかった。

「『影槍・彼岸花』！」

僕は影波をスロープのように使い、空中へと己を射出しながら影を纏う。

そうして影の槍と化し、罪華の巨体を貫く。

「――咲け！」

同時に、奴の巨体の内側から千刃の槍を解き放つ。彼岸花の花弁のように三百六十度に突き出た槍は罪華を内部からズタズタに引き裂いたはずだ。

「rlーrlーrlー」

「!?」

巨大すぎる嗤い声に脳が揺さぶられ、さらに強烈なGが横向きにかかる。

罪華が『影槍』を無理やり自分の体から引き抜いて投げ捨てた――と理解して影を解くと、僕の体は山肌に激突寸前だった。

地面のシミになる前に影を展開してクッションにする。

「ぐっ!?」

だがそれでも衝撃を殺しきれず、血を吐いた。内臓を痛めたようだ。

「rlーrlーrlーrlー」

「クソが……嗤うな……」

僕は前へ出ようとするが、急に足下がフラついて膝を突く。

すでに戦闘を開始してから優に一時間は経過していた。

能力の連続使用による疲労を自覚すると全身から一気に汗が噴き出し、怒りで誤魔化していたダメージが肉体を軋(きし)ませる。

そんな僕の目の前で罪華は嗤いながら引き裂かれた体躯(たいく)を再生した。

さっきからずっとこのイタチごっこだ。こちらの攻撃は全て無意味にされ、奴は僕を弄びながら町ごと人を破壊する。

視界に映る町並みは全て瓦礫(がれき)の山と化し、生存者は絶望的だった。

聖墓機関(ゴルゴダ)からの増援もとても見込めない……ここには僕ひとりしかいないのだ。

「……ッ！」

それでも倒れるわけにはいかなかった。

ずっと、ずっと追いかけて来たんだ、奴を！　僕の大切な人を殺したバケモノを！

この復讐のために僕は生きてきた！

あいつを殺せるなら、ほかには何もいらない。

あの日から、無様に生き存(なが)らえてきたこの命だって……。

「rl︱rl︱rl︱」

罪華の触腕が横薙ぎに振るわれた。

「!?」

空を裂いた一閃は、そのまま岩盤や質量をものともせず、木々を薙ぎ倒して山肌を刮ぎながら僕に襲いかかる。

影に潜行して避け――

「なっ……!?」

――ようとした瞬間に山が震え、一瞬両足が地面から浮いた。

それはほんの数センチ、一秒にも満たない浮遊、だがしかし影との接触面を失った僕は為す術なく、岩石と倒木と触腕の山津波に呑み込まれた。

意識が吹き飛び、全身の感覚が消え失せる。

「――――」

……嗚呼、死ぬのか？

死んだのか……僕は？

罪華に家族を……大切な人を殺されて……。

その復讐もできずに終わるのか？

「――様」

何でだ……僕はこんなに強くなったのに。

やっぱり、借り物じゃダメなのか。

「――ん様！」

僕は――の仇を――

「燐様！」

「――!?」

耳元で叫ぶ少女の声と体を揺する手によって、朦朧としていた僕の意識は覚醒した。

朧げな視界の中に、少女の顔の輪郭が映る。

「……アネモネ？」

一瞬、別の誰かと間違えそうになるが、その赤い髪を見て相手が誰か判別できた。

「燐様！　よかった！」

目尻に大粒の涙を溜めたアネモネは顔をクシャクシャにして僕に抱きつく。

「何でお前がここに……？」

彼女は組織の本部に置いてきたはずだ。

それどころか僕は彼女に何の説明もなしに置き去りにした。一方的に彼女の信頼を裏切ったのだ。だから、ここにいるはずがないのに……。

「だって、私は燐様の相棒ですから」

僕が抱いた疑問に、彼女は涙を拭いながら答えた。

「待っててください。今、ほかの傷も治しますから」

先程の一撃で僕は致命傷を受けたと思っていたが、どうやら間一髪のところでアネモネの治癒が間に合ったようだ。とはいえギリギリ命を取り留めたような状態らしく、彼女はさらに他の傷も治癒し始める。

しかし、すでにかなりの力を使ったと見え、僕の傷を治す内に彼女の顔色は蒼ざめていった。

「おい、無理はやめろ」

「大丈夫です……」

強がる彼女を僕は止めようとした――その時。

「rlーrlーrlー」

嗤う罪華が僕らの姿を見つけた。

「アネモネ、離れろ！」

「待って……もうっ、少し……！」

強情なアネモネは僕の指示も聞かず治癒を続ける。

当然、それを黙って見てくれている敵ではなかった。

「rlーrlーrlー」

罪華は見せつけるように触腕の先端を伸ばし、その無数の棘で僕らを串刺しにしようとした。

瞬間、フラッシュバックする。

大切な人を殺された――一年前の悲劇が。

「どけっ！」

「キャッ！」

僕はアネモネの腕を引っ張り、彼女を自分の背に隠す。

「『影棘・逆ふっ⁉』」

ありったけの影の槍で罪華の触腕を迎撃するが――撃ち落とし損ねた一突きが影の隙間を掻い潜り、僕の腸を深々と貫いた。

「燐様⁉」

「……っ」

僕は腹を抉り回す触腕を切断し、背後のアネモネが攻撃されるのを防ぐ。

「『影殻・無花果』」

続けて影の防御球で僕らを包むことで、その後の追撃から難を逃れる。

だがこの『影殻』は欠陥技だった。防御力は高いが成体の攻撃に耐え続けられるほどではなく、そのくせ他の技が一切使えなくなる。当然、影から影への移動もできない。

「燐様！　燐様っ⁉　どこですか⁉」

「……ここにいる」

「燐様ッ、ご無事ですか⁉」

一寸先も見えない闇の中、アネモネは手探りで僕を見つけて縋りついてくる。

「お腹の傷を治します。どうか私の手を」

「……無駄だ。この中で異能は使えない」

それはアネモネの治癒も含まれる。

「なら早く外に出してください！」

「……ハハッ、無茶言うな」

向こう見ずなことを言う彼女に、こんな時だというのに僕は思わず笑ってしまった。

敵の触腕は今も影の外殻を叩き続けている。

この技を解除すれば今度こそ串刺しか叩き潰されるかのどちらかだ。『影殻』を解いて瞬時に影に潜ることも考えたが、外が見えない以上運任せになる。一瞬でも機を外せばやはり死ぬ。

つまりほぼ詰んでいる……ということだ。

僕が皮肉っぽく苦笑いすると、アネモネも状況を悟ったのか再び嗚咽を漏らし始める。

もはや何もできることのない僕は、彼女の小さな頭の重みを胸の上に感じながら、啜り泣く声を聞くともなしに聞いていた。

「……どうして私を庇ったんですか？　私は死なないのに」

ふとアネモネが鼻声のまま僕に尋ねてくる。

こうなった以上、今更益体もない質問だったが、彼女にとっては重大な疑問なのだろう。

僕も頭では分かっていた。あの時、彼女は自分の体を盾にしてでも僕を治癒する時間を稼ごうとしていたことに。それが合理的であることに。

でも……僕にはできなかった。

どうしても……二度と……させられなかった。

「……」

自分で生んだ暗闇に包まれながら、僕は一年前の冬——神代風花が死んだ日を思い出していた。

第五章
—死季—

WELL, I'LL BE DEAD IN ONE YEAR.

一年前。冬。クリスマス。

僕は嗤(わら)う罪華(ざいか)に踏み潰される町の中を全力で駆け抜けていた。

「神代(かみしろ)ーー!」

町がこんな状態では彼女がどこにいるかも分からない。とにかくアパートの場所を目指しながら、僕は彼女の名前を叫び続けた。

「rlーrlー」

「……くっ!」

脳を揺らす嗤い声に耳を塞ぐが、それでも数歩よろけてしまう。

「イヤアアアア!」

町の至る所から悲鳴が上がっていた。夕飯の準備で火を使っていた家庭も多い時間帯だったのも災いし、そこかしこで火災も起きていた。

のどかな田舎町が一瞬で地獄のような有り様だ。

「rlーrlーrlー」

地獄を作った原因である罪華は、見たこともないような巨体を震わせて嗤う。

逃げ惑う人々を。破壊されて火を噴く町を。

「rlーrlーrlー」

死と災厄を振り撒(ま)きながら罪華はますます愉快そうに嗤い声を上げ、大地を赤と黒に染めていった。

「やっぱり、あの罪華は本部の資料で見た……⁉」

嗤う罪華は過去数回の発生が記録されている。

しかし、罪華の開花に必要な条件は詳しく分かっておらず、前回の発生も三百年以上前の記録にしかなく、実在を疑問視する者もいるほどだった。

だが、現にこうして目の前に奴(やつ)はいる。それは疑いようもない事実で、どうしようもない現実だった。

「誰か助けてー！」

「……ッ！」

助けを求める人の声が聞こえたが、僕はそれを無視して走り出すことしかできなかった。

十年以上鍛え続けても未だ十三使徒になれない僕は、この状況をどうする力も持っていない。

僕にできるのは一刻も早くアパートに戻り、神代を連れて逃げることだけだ。

「無事でいてくれ……！」

走りながら何度も祈り続ける。

気がつけばせっかく買った花束もなくしていた。

そうしてようやく辿り着く。

「ハァ、ハァ、ハァ……!」

僕らが住んでいたアパートは瓦礫の山になっていた。

「そんな……っ」

疲労とは違う理由で脚が震え始め、僕はアパートの崩れた壁にもたれかかる。

そのまま膝を突いて倒れそうになるが。

「燐!」

その時、奇跡的に残っていた隣家の塀の陰から彼女が顔を出した。

「神代!」

「燐!」

僕らはお互いに駆け寄り、一瞬抱擁する。

「……大丈夫だった? 怪我は?」

「平気。靴も隣で借りたから大丈夫」

確かに彼女は見覚えのないスニーカーを履いていた。

思いっきり窃盗だが、今は道々に瓦礫やガラス片が散乱している。非常時ということで隣家の人には勘弁してもらおう。

「……あれも罪華なの？」

神代は嗤う罪華を見上げながら呟く。

「開花した成体だ。十三使徒でもないと斃せない」

「……分かった」

敵の情報を端的に伝えると、彼女は納得したように頷いた。

「じゃあ逃げ……っ⁉」

「燐っ⁉」

彼女の手を握って影に潜ろうとした瞬間、凄まじい激痛が全身を襲い、僕はその場に膝を突いた。

「どうしたの⁉　どこか怪我……」

「違っ……これは」

能力の過剰使用による反動だ。

ショッピングモールまでの行き来に数時間。特に帰路は急いでいたので休憩も挟まなかったし、アパートに戻るここまでの道中でも能力を何度も使った……どうやらそれが今になって祟ったようだ。

「rlーrlーrlー」

「!?」

背筋に悪寒が走り視線を上げると、空が醜悪なバケモノの巨体に覆われて見えなくなっていた。

「rlーrlーrlー」

罪華には眼球がない。しかし、奴は僕らを見つけて……ニタリ……と嗤った気がした。

「……ッ」

死を直感した僕は握っていた彼女の手を離した。

「……燐？」

「僕が時間を稼ぐから逃げてくれ」

「でもっ！」

「早く！」

僕は彼女に怒鳴りつけながら、影で攻撃を仕掛けようとする……が、やはりまだ反動のダメージが残っていて、思うように操れなかった。

「rlーrlーrlー」

罪華はそんな僕を嘲笑い、その巨大な触腕を振り上げた。

「……クソッ！」

敵の触腕はあまりに大きく、僕と彼女を同時に叩き潰せる攻撃範囲だった。

もはや彼女を護（まも）る術（すべ）もないと唇を噛（か）んだ時――重厚な鉄の盾が罪華の触腕を受け止めた。

この異能は……鉄遣い⁉

「救世主様！」

「黒鉄（くろがね）⁉」

「牡丹（ぼたん）ちゃん⁉」

思わぬ救援の登場に僕も神代も大いに戸惑う。

「遅くなりました」

黒鉄は顔中を汗だくにしながら神代に頭を下げた。彼女は着ている服もボロボロで、この場に現れるまでにかなりの戦闘を潜（くぐ）り抜けてきたことを物語っていた。

それはきっと神代を護るためであり、実際そのお陰で僕らは助かった。

しかし……。

「……何で黒鉄がここに？」

助けられたとはいえ、あまりにも登場のタイミングがよすぎる。

僕らが聖墓機関（ゴルゴダ）から逃げて三ヶ月弱が経（た）つ。それが今日になって偶然見つかったとでもいうのだろうか？

「ハハッ、そんなのずっと監視されてたからに決まってるでしょ」

「!?」

罪華よりもさらに分かりやすい嘲笑とともに現れたのは、十三使徒の水遣いだった。

「水築紫苑……！」

彼の姿を見て神代が体を強張らせる。

水遣い――水築は彼女の反応を見て肩を竦め、次いで僕に視線を移す。

「世間知らずの救世主様はともかく、君はもう少し頭を使いなよ。何で君たちみたいな子供が簡単に逃げられたのか？　それになぜ一度も罪華に襲われなかったのかとかさ」

「……!?」

彼に指摘され、僕は逃亡中に抱いた疑惑の答えを知った。

僕らの逃亡は聖墓機関の手で援助されていたのだ。ずっと監視していたという言葉が額面通りなら、彼女に引き寄せられた罪華を秘密裏に処理していたのも彼らに違いない。

しかし、当然そこには「何のために？」という疑問が湧く。

だが、生憎そこまで尋ねている余裕はなさそうだった。

「rlーrlーrlー」

「うざったい嗤い声だなぁ。もしかして怒ってるのかな？」

水築の予想は当たっていたようで、黒鉄の盾に何度も触腕を阻まれて苛立った罪華はより一層攻撃を激しくした。

「ぐっ……うっ！」

あまりに激しい攻勢に黒鉄が苦しそうに呻き始める。

この場にいる全員を護っている彼女の限界は近い。

しかし、十三使徒の男はまだまだ余裕がありそうだった。

「救世主様たちの監視網……今は防御網かな？　東側と南側はコイツに壊滅させられましたから、逃げるなら北か西へ。罪華の幼体もかなり発生しているそうですから、なるべく早く保護してもらってください」

監視云々の話をしたのはこの釘を刺すためのようだ。聖墓機関としても今は緊急事態らしく、これ以上余計な手間を増やすなと言いたげだ。

「……」

悔しいが従わざるを得ない。

あの嗤う罪華から神代を護り抜く力は……今の僕にはなかった。

「神代、行こう」

「うん……」

　僕らは命令通り北か西へ逃げようとした——が。

「rlーrlーrlー」

　まるでそれを阻もうとでもいうように、罪華（ざいか）が雄叫（おたけ）びを上げて触腕を振り回し、さらに町を破壊し始めた。

「キャアッ！」

「神代！」

　一軒家が丸ごと宙を舞い、道路のアスファルトが粉々になって雨霰（あめあられ）と降り注ぐ。さらにガス管に引火したのか大爆発が起きて町は火の海になった。

　その結果、奴が狙ったのかは知らないが、眼前の逃げ道を完全に塞がれてしまう。

「やれやれ、意外に知能があるのか？　それとも嫌がらせが好きなだけかな？」

　水築はため息を吐くと、その細い目を開けて罪華を睨（にら）む。それに反応してか、罪華は耳（みみ）障（ざわ）りな嗤（わら）い声をさらに大きくした。

「そんなに消されたければ消してやるよ」

　水築の雰囲気が変わる……それは空気の変化。湿度の変化。気流の変化。

　背神者（イスカリオテ）十三使徒の水遣い。その称号の意味するところは、空気中の水分を操って天候すら変えてしまう――天の理（ことわり）に背く者。

　しかも今日の天候は雪。大量の水分を溜（た）めた重たい雲が空を覆っている。

「……‼」

　突然、その雲が逆巻いた。

　全天を覆っていた雲が捻（ね）じり上げられるようにして一点に凝縮され――やがてそれは一本の槍（やり）となる。

「消え失（う）せろ――『天之沼矛（あまのぬぼこ）』」

　水築が振り下ろした指のタクトに合わせ、『天之沼矛』が嗤う罪華めがけて墜（お）ちてきた。

「rlー……」

　大質量を伴う天の槍に嗤い声ごと押し潰され、あれほどの威容を誇った罪華成体は文字通り消し飛んだ。

　これが本物の十三使徒……‼

「……あーしんど。さすがにこれやるとキツいね」

　水築はひと仕事終えたような態度で首をコキコキと鳴らすと、また胡散臭（うさんくさ）い笑みを浮かべて僕らの方を振り返った。

「うっ……」

罪華が消えて緊張の糸が切れたのか、黒鉄がその場で意識を失って昏倒する。

「まあ、ご覧の通りもう急いで逃げる必要はないんですが、救世主様の身柄を保護しろと命令が下ってますので。申し訳ありませんが、一度戻ってきてもらいますね」

「……ッ」

危機は去ったが、僕らの問題は何も解決していなかった。

「さあ、行きましょう」

「……嫌ッ」

水簗がこちらに近づき、それを見て神代が怯える。

「……」

僕は無言で彼女の前に立ち、遥か格上の男の行く手を阻む。

相手は『天之沼矛』で消耗しているし、僕は多少回復した……が、それでも実力には天と地ほどの差がある。

それでも……！

「やれやれ面倒臭い」

こちらにとっては決死の覚悟でも、相手にとっては塵に等しいだろう。

水簗は小蝿を払うように手を上げて——

「……え？」

──その胸を、背後から触腕が貫いた。

「何で……？」

口から血を吐きながら、水簗は呆然と疑問符を浮かべる。

そんな彼の背後で悪夢が蘇ろうとしていた。

「rlーrlーrlー」

消滅したはずの罪華が時を遡るように復活し、喧しい嗤い声を上げた。

「こんなの聞いてないんだけど、雨月さん……」

ぼやくような遺言を残し、水簗が地面に倒れ伏す。

それはあまりに呆気なく……絶望的な光景だった。

桁外れの罪華の復活。

圧倒的だった十三使徒の死。

目まぐるしく変化する状況に、誰もが虚を突かれ、瞬間的な思考停止に陥っていた。

唯一、彼女を除いて。

「危ない！」

「!?」

　ドンッと肩と背中に衝撃を受けたかと思うと、僕は地面に突き飛ばされていた。

「……え？」

　膝を突きながら振り返った僕の目に飛び込んできたのは——割れたアスファルトの隙間から伸びた触腕の棘（とげ）に、肩と胸を刺された神代風花（ふうか）の姿だった。

「神代！」

「あっ……」

　反射的に僕が手を伸ばすと彼女もこちらに手を伸ばし、互いの手が触れ合う。

「斬れろ！」

　怒りに任せて影を操り、不格好な形の刃で触腕の棘と彼女を切り離す。

　そのまま影に潜ろうとした僕を彼女が止めた。

「牡丹ちゃんも……」

「ッ」

　僕は彼女の意思を汲（く）み、地面に倒れたままの黒鉄の元へ走る。

「rlーrlーrlー」

「……ッ！」

　勝ち誇るように高嗤いする罪華に背を向けて、僕は影の底へ潜り込んだ。

△

僕は回復した力の全てを絞り尽くして逃げたが、町外れの山まで移動するのが限界だった。

「……」

一緒に連れてきた黒鉄が目覚める様子はない。胸は微かに上下しているので生きてはいるようだが、もう戦力としては期待できないだろう。

「rlーrlーrlー」

木々が視界を遮って見えないが、町の方角から罪華の嗤い声がここまで聞こえる。

あの場から逃げ延びはしたが、窮地を脱したとは言い難かった。このまま奴に見つからずに済むかは、もはや天に運を任せる以外にない。

だが正直、そんなことよりも目下の心配は神代の容態だった。

「はぁ……はぁ……」

地面に敷いた上着の上に寝かせた彼女は荒い呼吸を繰り返し、額に脂汗を浮かべていた。

破いたシャツを包帯代わりに止血したが、すでにかなりの血を失っている。胸を刺された傷が特に深く、一刻も早く正しい処置を行わなければならない。

一番は水築の言う通り北か西へ向かい、聖墓機関（ゴルゴダ）に保護を求めることだろう。

もちろん、その際に僕がどんな処罰を受けるかは分からない。

しかし、今は何よりもまず彼女の命が大事だった。

「……くそっ」

何でこうなるんだよ。

あとたった三ヶ月だぞ。

彼女にはそれしか時間が残されていなかったのに、その僅かな時間すらも奪われてしまうのか？

じゃあ、僕らは一体何のために……。

「……ぅ」

その時、彼女が意識を取り戻して微かに目を開いた。

「神代！」

「……ぁ……ぇ」

「何……何だって？」

神代は何かを伝えようとしている。だが、あまりにか細い声だったので、僕は彼女に覆（おお）

い被さるようにして口元に耳を近づけた。

そして。

「ありがとね、燐。私に付き合ってくれて」

囁くよりも小さな声で彼女はそう言った。

「きっかけは打算だったかもしれないけど、君の彼女になれてよかったよ。楽しかった。意地悪も沢山しちゃったけど、全部私の思い出になったんだ」

「……待って」

僕は思わず彼女に願った。

やめて欲しかった。そんなセリフは聞きたくない。だって、これじゃまるで……。

「……アハハ、言いたいことが多すぎて言い切れないや。だから、肝心なことから先に言わせて」

神代は少し顔を傾けて、僕の目を見ながら微笑んだ。

「燐。君が好き」

「……！」

「……ああ、やっと言えた」

彼女の目尻から光るものが流れる。

「好き……好き……大好き……いい言葉。素敵な響き。もっと早く言えばよかった。そしたら沢山言えたのに……バカだね。バカでごめんね、燐。好きだよ」

「……バカじゃない！　そんなわけないだろ！」

僕は顔を上げ、正面から彼女を見て叫んだ。

彼女はそんな自虐をしなければならない人間じゃない。

もし彼女がバカだというなら、僕も同じだ。なぜなら僕もここまで彼女に付き合っておいて、一番肝心な言葉を今日まで一度も口にしていないのだから。

「僕も好きだ！　好きだ！　好きだ！　妹なんかじゃない！　君が好きだから、僕はここまで来たんだ！」

僕は愚かだ。なぜ気づかないフリをしたんだろう。

学園祭の日、長瀬に忠告された時に僕は理解していたはずだ。自分の本当の気持ちを。

それなのになぜ。彼女に時間がないと知っていたのになぜ。僕はこうなるまで無駄な時間を過ごしてしまったのだろう。

「……ッ」

いつの間にか僕の両目からも熱いものが溢れていた。

それを見て、彼女がいつもの揶揄う時みたいな微笑を浮かべる。

「アハッ……これで私たち……両想い……だね」

そう言った直後に彼女が咳き込み、血の塊を吐いた。

「神代⁉」

「……」

動揺する僕——しかし、彼女はもう一度微笑むと、僕の震える唇に指を当てた。

「私ね、恋人ができたら叶えて欲しいお願いがあったの」

「お願い……？」

彼女は頷く。

「名前で呼んで」

それは恋人へのお願いと呼ぶにしては、あまりにささやかな夢だった。

「……風花」

「もっと」

「風花……風花……風花！　風花！」

僕は何度も何度も、自分の嗚咽で咳き込んで声が出せなくなるまで、彼女の名前を呼び続けた。

「……ありがとう。燐のお陰で、私は救世主じゃない私を叶えられたよ」

「……風花？」

風花は覆い被さる僕をそっと押しのけると、足下をフラフラさせながら立ち上がった。

「あんまり無理したらダメだろ。今は安静にしないと」

僕は慌てて彼女を追いかけ、その体が倒れないように支える。

「……もしかして最初からこれが爺の狙いだったのかな」

彼女は僕の腕の中で小さく独り言を呟く。

そして。

「ごめんね、燐」

「え……？」

急に胸を押され、僕は簡単に尻餅を突いてしまった。

慌てて立ち上がろうとするが――突然、視界いっぱいに光が広がり、目が眩む。

「風花⁉」

「燐。私、やっぱり世界を救うことにするよ」

「⁉」

その言葉の意味を悟り、僕は心臓が凍りついた。

「何でだよ⁉　皆のためになんか死ねないって言ってただろ⁉」

「うん……でもごめんね。私、嘘吐きだからさ」

「やめろ！」

僕は力を振り絞り、影で彼女を捕らえようとした——が、影は圧倒的な光の前では無力だった。

「やめろよ……友達のためでも大切な人のためでも君は無理だって、死ぬのが怖いって言ってたじゃないか……何で今更」

「ごめんね」

僕は光から目を庇いながら、彼女の方へ這って進む。

けどどうしても彼女がどこにいるのか、今どんな顔をしているのか分からなかった。

「燐はさ……私が想像してた『大切な人』の十倍、百倍……ううん、それよりももっともっと特別だった。だから君だけだよ、燐。君のためだけ。どうせ死んでしまうなら、私は君が生きる世界を護りたいって、そう思っちゃった」

「待てよっ！」

僕は光に向かって手を伸ばす。

だけど彼女はこの手を取ってはくれなかった。

「勝手なこと言うな！　何がどうせ死ぬだよ！　全然元気じゃないか！」

「これは蝋燭の最後の炎だよ。こんなに凄いとは思わなかったけど、さすがは救世主、みたいな?」

「冗談言ってないで……」

わざとらしく笑う風花に僕は怒りの声を上げようとしたが、実際に出たのはあまりにも情けなく弱々しい声だった。

「頼むから……行かないでくれ……!」

「うん……ごめん……ありがとう、大好き」

それが最後に聞いた彼女の言葉だった。

次の瞬間、瞼を貫くほどの眩い光が世界を満たし、全てが白一色に染め上げられた。

△

次に僕が目を覚ましたのは翌日の朝だった。

「風花……?」

体を起こして周囲を見渡しても黒鉄と見覚えのない赤髪の少女が寝ているだけで、彼女の姿はなかった。

山を下りて破壊された町を探し回っても、彼女は見つからなかった。
神代風花はもうどこにもいなかった。

こうして悲劇は起こり、そして世界は救われなかった。

間章

WELL. I'LL BE DEAD IN ONE YEAR.

神代風花(かみしろふうか)が十七歳を待たずして救世主の力を使った結果、世界は延命したが罪華(ざいか)を完全に消し去ることも、蓄積した穢(けが)れを浄化し切ることもできなかった。

世界がどれほど存(なが)えたのかは調査中だが、何にせよ救世主に求められた成果に比べれば微々たる結果に終わったのは明らかだった。

もちろん、まったく無意味だったわけではない。

少なくとも九州に発生した罪華は全て消滅し、それ以上の被害拡大を防いだ。そのお陰であの場に居合わせた聖墓機関(ゴルゴダ)職員や背神者(イスカリオテ)も全滅を免(まぬが)れたが、彼らの多くは救世主の無駄撃ちを嘆き、憤(いきどお)った。

当然のように怒りの矛先は僕へ向けられた——が、総司令である天王寺雨月(てんのうじうげつ)の鶴の一声で赦免される運びとなった。


理由はふたつ。

ひとつは僕の影遣いの能力が飛躍的に向上したため。

背神者の異能は憎悪(ぞうお)と喪失によって成長する。

あの日、僕は再び大切なモノを失った。さらに数百年ぶりに出現した罪華成体が放つ瘴気（しょうき）を間近で吸って魂が穢れ果てたことで、人類の中で最も神の理（ことわり）から遠ざかった存在に変質したのだ。

九州事変で十三使徒に空席ができてしまった経緯もあり、いずれ現れる次代の救世主の護り手として、僕にはその席が与えられた。

もうひとつは表に出せない理由——それは僕が九州事変の裏側で何があったのか、その全てを知っていたからだ。

△

無罪放免を言い渡された僕は、その足でまっすぐに総司令に会いに行った。

もちろん礼を言うためではない——真実を確かめるためだ。

「総司令！」

「……」

部屋に怒鳴り込んで殺気を放つ僕を見ても、総司令は深い皺（しわ）が刻まれた顔に微塵（みじん）の動揺も見せず、静かな目でこちらを見返してきた。

「ッ！」

その小揺るぎもしない表情に苛立ちを覚え、僕はまっすぐ総司令のデスクに向かうと、怒りに任せて机の上の書類を手で払い落として床にブチ撒けた。

「……何か用か？　影山燐」

「アンタに訊きたいことがある」

僕は机越しに身を乗り出し、総司令を睨みつけた。

「……全部、アンタたちのシナリオだったのか？」

九州事変のあとに拘束されて本部地下に軟禁されている間も、僕はずっと風花の独り言の意味を考え続けていた。

ヒントは至る所にあった。

水築紫苑のセリフ。不可解な聖墓機関の行動。風花から持ちかけられた相談の内容。

ほかにも細かい違和感がいくつもあったが――改めて考えてみて、僕が一番おかしいと感じたのは彼女が本部で聞いた総司令と水築の会話だ。

彼女は最初総司令の部屋を訪ねる予定はなく、水築にあしらわれたあとで急に思い立ってこの部屋を訪ねた。

その時すでに水築が報告のため先客としてこの部屋に来ていて、しかも偶然扉を閉め忘れていた。

そして、風花が扉の前に立ったタイミングで、まるで狙ったように彼女の過去にまつわる陰謀を彼らが話し始めた。

……いくら何でも偶然が重なり過ぎている。

仮に全てが偶然だったとしてもまだおかしい点がある。

それは水築が風花の過去を話し始めた時、総司令は「不用意に口にするな」と注意しつつ、話すこと自体を止めようとはしなかったのだ。もっと大声を出すなり水築の口を塞ぐなり、話を遮る方法はいくらでもあったはずなのに。

もし最初から彼女にわざと話を聞かせていたのだとしたら？

組織に不信感を抱いた彼女が逃亡するのも織り込み済みだったんじゃないか？

つまり組織は僕らをあえて逃がした。

だから居所を捕捉していながら監視に留め、罪華の処理まで秘密裏に請け負っていたのだ。

では、聖墓機関が彼女を逃がした意図は何なのか？

それはおそらく。

「アンタらには分かってたんだ……。皆のためになんてお為ごかしじゃ、人は命を捨てることなんてできないって。だから彼女に世界を救うに足る動機を与えようとしたんじゃないのか?」

　そして、そのために選ばれたのが僕だったというわけだ。

　もちろん僕らの一挙手一投足まで全てが計画通りではなかったと思う。僕が選ばれない可能性もあっただろうし、幾通りものプランを並行して走らせていたはずだ。場合によっては長瀬(ながせ)や朝霧(あさぎり)も択のひとつだったのかもしれない。

　そうやって準備を積み重ね、僕と風花の距離が近づき始めたところで彼らが打った芝居——それがあの逃亡生活だ。

「組織の目的を考えたら、念入りにお膳立てする理由も分かるさ。……だとしても、あそこまでやる必要あったのかよ? 風花の学園生活は十分幸せだった。後夜祭さえ潰さなきゃ、もしかしたらあのまま……」

「君か彼女のどちらかが告白して、本当の恋人になっていたか?」

　それまで黙り続けていた総司令が口を開き、僕が言いかけた言葉を補足した。

　その口調と態度が、ここまでの僕の推理が間違っていないことを雄弁に物語っていた。

「無論、そうした穏当なプランも練られていた……が、我々は君たちに普通の恋愛を求めていない。必要なのは命を賭(と)すほどの〝大恋愛〟だ」

「……」

総司令の口から吐き出された恋愛という二文字を、僕は寒々しい気持ちで聞き流した。

「不幸、障害、悲劇。君たちは三つの困難を見事に乗り越え、無事に愛を育んだ」

「……」

あの日々をまるで掌（てのひら）の上の出来事のように語られ、僕はこの場で暴れ出しそうになる気持ちをぐっと堪（こら）える。

「だけど……そのせいで彼女は死んだんだぞ」

「確かに全てが目論見（もくろみ）通りにいったわけではない。彼女のことは本当に残念だ」

総司令は平然と宣（のたま）い、冷ややかな目で僕を見やる。

「だが……本当は君も気づいていたはずだ。救世主として生まれた彼女には、自分だけが死ぬか、全人類とともに死ぬかの二択しかないことに」

「それは……っ」

その通りだった。

世界中の生きとし生ける人々の中で、彼女にだけ選択肢がなかった。

彼女が何を選ぶにしても、彼女だけは必ず死ぬことが決まっていた。

僕や、あるいは総司令が何をしても、その結末だけはどうしても覆（くつがえ）せなかったのだ。

言葉を詰まらせた僕に対し、総司令は同情するように首を横に振る。

「道がふたつしかないのであれば、どちらかを選ばざるを得ないだろう。お互いに」

「何？」

「私がひとりの少女の人生より全人類の命を護ろうとしたように、君も全人類の命より彼女の幸せを願ったのだろう」

「――――」

ほんの数瞬前までこの男を殺すつもりだった……だが、その言葉を聞いて僕は握り締めていた拳をゆっくりと解いた。

風花が一年後に必ず死ぬ運命であったとしても、彼女の死の原因は総司令にある。

しかし、少なくとも今の言葉は『全人類の命』と『彼女の人生』を等価に見積もっていた。

おそらく彼女を救世主として崇めていた者でさえ、その殆どは風花の幸せより七十数億の人命の方が重くて当然と考えていただろう。

もし総司令も同じ考えならここで殺すのを躊躇わなかった。

だがこの男は両方を等しく尊いと認めた上で前者を選んでいた。

僕が後者を選んだように。

「アンタ、まさか……」

もしかして風花の両親を殺したという話も演技か？

「……いや、何でもない」

一瞬、この男が全ての泥を被ろうとしているのではと考えたが、口にはしなかった。

選択の結果とはいえ、それが彼女を死に追いやったのは事実。なら、その罪の重さを僕が減じてやる義理はない。

僕は総司令から目を逸らし、そのまま部屋を出て行った。

△

「あっ！　燐様！」

僕が総司令の部屋を出ると、廊下の壁にもたれて座っていた赤髪の少女がピョンッと立ち上がり、子犬のような足取りでこちらへやってきた。

「もう用事はお済みになったんですか？」

「ああ」

「随分長かったですね。何のお話だったんですか？」

「……お前には関係ない」

「うきゅ～」

僕にまとわりつく少女の頭を乱暴にどけると、彼女は悲鳴を上げてたたらを踏んだ。

「……」

僕はそのまま少女を置いて帰ろうとするが、彼女は後ろから「待ってください！」と言って追いかけてくる。

彼女の名前はアネモネ。

あの日、風花が消えた場所で生まれた少女だ。

いや……生まれたと言うと少し語弊がある。

なぜなら彼女は生き物ではない――神代風花が死の直前に救世主の力の一部を分離し、僕の心に彼女の心象を投影した蜃気楼か残像のような存在だ。

心象とは文字通り心の象（かたち）――即（すなわ）ち、己の理想や願望のことを指す。

そのためアネモネの顔立ちは神代風花によく似ているが、彼女の記憶は一切受け継いでいない。しかし「心」は受け継いでおり、そのせいか僕にやたらと好意を抱いている。

アネモネという名前は彼女が唯一最初から持っていたものだ。記憶のない彼女に名前があるのは、それが神代風花の心に由来するものだからなのだろう。

また生き物でないと最初に説明したように、彼女は命というものを持っていない。

彼女はその存在の根源を僕の心に依存している。

複雑な説明を省いて端的に述べるなら、アネモネは僕が神代風花への想いを失うと消えてしまう儚（はかな）い存在だ。逆に言えば僕が想（おも）いを失わない限りは死なないとも言える。

「燐様燐様。この後お暇ですか？　もしよければ、私とお外にお付き合いを……」

「うるさい。暇じゃない」

「あう〜。でしたらせめて出口までお見送りを！」

「見送りとかいいから」

「そんなわけには参りません！」

「……」

アネモネの屈託のない笑顔を見て、僕は心の中で「似てないよ……」と呟（つぶや）く。

前述の通り彼女の顔は風花とよく似ていた。

だからこそ、その笑顔に違和感を覚える。

それでも中途半端（ちゅうとはんぱ）に面影があるせいで、彼女に笑顔を向けられると胸が掻（か）き毟（むし）られて、頭がどうにかなりそうだった。

風花は一体どんなつもりでアネモネを遺（のこ）したのだろうか？

何の説明もなく置いて行かれたから、動機がさっぱり分からない。

「燐様～」

「服を引っ張るな」

アネモネにもサポートに秀(ひい)でた能力があることが確認されているが、なぜかその力は僕が傍(そば)にいないと使えない縛りが存在していた。

そのため今後は常に僕とバディを組むことが決定している。

一度は拒否することも考えたが……まともなモノでない彼女には聖墓機関(ゴルゴダ)以外に居場所がない。僕が見捨ててしまえば、最悪実験体にでもされてしまうだろう。

結局のところ、僕に選択肢なんて最初からなかったのだ。

第六章
—月影—

WELL, I'LL BE DEAD IN
ONE YEAR.

風花が死んで一年が経った。

それでも僕はまだ無力なままで、無様に死にかけている。

彼女の死と引き替えに得た最強の力も、何の役にも立てられていない。

こんなことならどうして……彼女は何のために僕を護ったっていうんだ……どうしてあの日、僕は生き残ってしまったんだろう……どうして……なぜ……。

△

「燐様……」

「……」

いつの間にか気を失っていた僕は、アネモネの声で目を覚ました。

目を開ける……『影殻』はまだ機能していて視界は真っ暗だ。

ただ胸の上に感じる小さな重みが、アネモネがそこにいることを教えてくれる。

「……燐様」

彼女の声は風花によく似ている。

だから聞く度に辛くなった。胸が苦しかった。

彼女とよく似た姿で僕にそんなに懐かないで欲しかった。

だって彼女は風花本人ではないから。

彼女は風花の心の残照のようなものでしかない。

決して取り戻せない痛みの記憶……そんなものを遺して、彼女は何がしたかったのだろうか？

「……1l……」

暗闇の向こうから微かに罪華の嗤い声と、『影殻』の外殻を叩く触腕の音がする。

まだ破られていないということは、気絶は長くても数十秒程度だったらしい。

だけどもう時間は幾分も残されていなかった。

「アネモネ……」

「！　燐様、ご無事ですか⁉」

「ああ」

この状況でまだ死んでないなら無事な方だ。

腹にあいた穴からは相変わらず血が流れ続けている。仮に罪華が『影殻』を破れなくとも、先に僕の命が尽きるだろう。

それならもうやるしかない。

「……ふぅ」

覚悟を決めるとなんだかスッキリした。

肩の荷が下りたというか、清々した気分だ。

「アネモネ。今から技を解く」

「え？　え？」

「できればすぐにここを離れろ」

それ以上は何も言わず、僕は『影殻（かげがら）』を解除した。

「rlーrlーrlー」

瞬間、罪華の嗤い声が耳朶（じだ）を叩く。

「……るせぇ」

その耳障（みみざわ）りな声も聞き飽きた。

泣き声よりも脳に響いて頭が痛い。

「rlーrlーrlー」

触腕が唸（うな）りを上げる。

空気を引き裂く音が前後左右から聞こえ、逃げ場がないと知る。

「『影法師（かげぼうし）・――』」

僕の声に従い、影が蠢（うごめ）いた。

暗黒の糸が触腕を絡（から）め取り、僕の鼻先でその動きを雁字搦（がんじがら）めに縛り上げる。

「——朝顔（あさがお）』」

さらに影の糸は蔦（つた）のように何重にも触腕に巻きつき、その全てを地面に縫い止めた。

「rl————————」

「……っ‼」

暴れる罪華を押さえつけるため、制御を度外視して能力を行使する。反動が逆流し、皮膚が破れて血が噴き出た。

「グフッ‼」

吐血し、首に巻いたマフラーが赤く汚れる。

その隙を敵は見逃さなかった。

捕らえたはずの触腕から鋭い棘（とげ）が伸び、無数の切っ先が僕の全身を貫く。

「燐様ー！」

アネモネの、声。

なんだお前……まだそこにいたのか。

僕は気にせず、自分に刺さった棘に触れる。

「『影魂・宿木』」

瞬間、僕を貫いたはずの棘が影に染まる。

噬う罪華はそれに構わず僕をさらにハリネズミにする——が、新たに刺さった棘もまた影に呑まれていく。『影魂』の影は触腕に根を張るように皮膚の下まで浸食し、ヘドロのような罪華を音もなく喰らっていった。

「rlーrlーrlー」

「……ッ」

一年前のあの日、彼女を殺した罪華は救世主の力で消滅したと聞かされ、僕は己の無力さに打ちひしがれるしかなかった。

この世で最も殺したいモノがすでにいない。

それは彼女を失ってぽっかりとあいた穴を、二度と塞ぐことができないのを意味していた。

所詮、僕は今までもずっと復讐以外に生き方を知らない人間だから。

それすらも失ってしまえば、僕にはもう本当に何も残っていない。

けど……結局、僕にはそれしかなかった。

あれから僕は過去に数度出現した罪華の成体に関する記録や文献を読み漁った。

僕が本部の資料庫に入り浸っているのを知る組織の人間は、その目的を知って誰も彼もが気味悪がった。

当然だろう。二度と会えない仇に復讐する方法を探す奴は頭がおかしくなったと思われても仕方がない。

それがまさか、意味を持つ日が来るなんて僕ですら思っていなかった。

「……う……エッ」

泥炭を嚥下するみたいな気持ち悪さが僕を襲う。

だがそれでいい。

影を介し、僕と罪華を同化する。

命なき者。人の罪。世界の穢れ。ゆえに滅びから逸脱した者を、僕の魂と同質にすることであえて命を与える。

命があるならそれは奪える。

これこそが嗤う罪華の殺し方。

だがこの方法は、罪華が孕む罪業を僕の中に取り込むということでもある。

「あっがっあああああ‼」

指先から肉体が変化していく。人でなしへ堕ちていく。

けれどこれで復讐が果たせるのなら、もはや痛みすら心地よかった。

風花を殺したお前が生きていたと知った時の僕の歓喜がどれほどだったか。

彼女を喪(うしな)い、最強となった力でお前を殺せるなら、もう僕はどうなったっていいんだ。

「bhーーーーーbhーーーーー」

嗤うはずの罪華が人並みの痛みを思い出して泣き喚(わめ)いている。

所詮は罪から目を背けることで得た不滅は、僕の命と同化させられた程度で失うモノに過ぎない。

あとはいつでもこいつを殺せる。

だがそれは同化した僕の命を潰すのと同義。

「風花……」

その名を呟(つぶや)き、彼女を想(おも)う。

あの日、彼女を死なせて無様に生き存(なが)えたこの命。

やっとここで使い潰せる。

本当に、清々する。

「『影花(かげはな)・一(いち)……』」

僕は目を閉じて最後の技を放とうとした——その寸前。

「燐様ッ、ダメエェ！」

「⁉」

突然、アネモネが僕に後ろからしがみつき、半ば一体化していた罪華から引き剝がそうとし始めた。

「おいッ！　やめろ！　余計なことするな！」

僕はアネモネを突き飛ばそうとしたが、両腕が罪華の棘と同化して動かせず、彼女の行動を止める術がなかった。

「離せ！」

「いーやーでーすー！」

アネモネは頑として手を離さない。

「燐様がいない世界なんて、私には耐えられません！　諦めないでください！」

涙目で叫ぶアネモネを見て……僕は顔を歪める。

「……いい加減気づけよ！　僕はお前が嫌いなんだ！」

お前がいつも傍にいるせいで、僕がどれだけ苦しんだか。

その顔を見ると彼女の笑顔を思い出す。

その声を聞くと彼女の笑い声を思い出す。

お陰で、いくら時間が経っても、いつまでも彼女の思い出が鮮明なままだ。

喜びも悲しみも辛さも愛もずっと残り続けてる。

今日も明日も、永遠に心の中から消えてくれない。

もう彼女はいないのに。

それがどれだけ苦痛なことか、お前には分からないのか……。

「だったらどうして最初から見捨てておかなかったんですかぁ!?」

睨みつける僕の顔をまっすぐ見返しながら彼女は叫ぶ。

「私のことが嫌いなら放っておけばよかったじゃないですか。何で私に構ってくれたんですか。相棒にしてくれたり休日にお出かけしてくれたりしたのはなぜですか。それを言ってくれなきゃ納得なんてできません！」

なぜ苦しむと知りながらアネモネを傍に置いたのか。

そんなの……理由は。

「あああ！」

「!?」

その時、悲鳴とともに彼女の体まで影に浸食され始めた。

復讐を果たす——その一点のためだけに練り上げたこの技は、どうせ諸共死ぬのだからと制御のことを一切考えていなかった。

だが、このままでは彼女まで……！

「くっ！」

僕は反射的に技を解く。

嗤(わら)う罪華(ざいか)と一体化していた部分がベリベリと剝がれると、僕は僕を引っ張っていた彼女と一緒に後ろにそのまま倒れ込んだ。

「はぁ、はぁ……」

「痛たた……」

僕は激しく痛む胸を押さえながら、後頭部を擦(さす)るアネモネを見る。

隣にいると風花を思い出して苦しいのに——彼女を傍に置き続けた理由。

そんなの……決まってる。

本当は、風花を忘れたくなかったからだ。

どんなに大切な記憶でもいつかは薄らいでしまう。

だから苦しくてもアネモネを突き放せなかった。

風花の笑っていた顔を、死ぬまでずっと覚えていたかったから。

「rlrlrlrlrlrlーーーーーー‼」

その時、罪華が吼えた。

憎悪を撒き散らすような雄叫びとともに、罪華の大花が禍々しく開き、その中心に闇が凝縮されていく。

その闇が、僕らめがけて放たれた。

闇の奔流が大気を駆け抜けると、余波を浴びた草木が一瞬で枯れ落ちる。

触れれば死ぬと本能で理解した。

「……ッ」

咄嗟に防ごうとするが、自分の意志に反して膝から力が抜ける。

瞬間的な疲労のピーク。数秒あれば再び立ち上がれるが、今はその数秒が命取り。

僕は無意味と悟りつつアネモネを庇おうとしていた——が、彼女は僕の手をすり抜けて、前へ出る。

「アネモネ⁉」

「やあああ‼」

アネモネが前に翳した両の手から光の盾が生まれ、敵の攻撃を防ぐ。

「ううう……！」

しかし、敵の攻撃は烈しく、花弁に似た盾は闇に呑まれて一枚一枚剝がれ落ち、今にも砕かれようとしていた。

「rlーrlーrlー」

罪華が勝ち誇る嗤い声が響き渡る。

「燐……様！」

歯を食い縛りながらアネモネが僕に呼びかけてくる。

「貴方が私をどう思っていようと……私は、貴方とずっと一緒にいたいんです……だから……！」

「——」

ああ、まただ。また思い出す。

「——なら、ずっと恨んでてくれてもいいから、最期まで私と一緒にいてよ」

風花の言葉が脳裏に響く。彼女の声が蘇る。

「……もしかして、そういうことか？」

彼女がアネモネを遺した理由。

僕に忘れるなってことか、要するに。

だとすれば、その目論見は驚くほど成功している。

こんな今際の際ですら、僕は彼女を思い出し、こうして心を震わせている。

ふざけるな……この一年間、僕がどれだけ苦しんだと思ってるんだ。

それなのにまだ赦しちゃくれないのか。

その上、これからもずっと覚えてろって？

死んでもまだ人を振り回すなんて……どこまでもいい性格をしてる。

「まったく……恨むよ、本当に」

僕は腹の傷を押さえて立ち上がった。

「アネモネ」

「燐様！」

「あと十秒でいい。その盾を維持してろ」

そう言って、僕は彼女の手に自分の手を重ねる。

「り、燐様⁉」

「これくらいでいちいち照れるな」

僕は膝を突いて彼女と背丈を合わせ、重ねた手を後ろへ引く。

「『影花・一華』」

手を重ねたまま僕は影の弓を象り、番えた矢に残った力の全てを注ぎ込む。

「rlrlrlーーー‼」

僕らが何かしようとしているのに勘づいたのか、罪華が放つ闇の奔流が勢いを増し、光の花弁の盾を軋ませる。

だがそれは一方で奴の焦りを如実に物語っていた。

「……ッ」

『影魂』は絶ち切られ、僕と罪華の命は繋がりを失った。

しかし、それでも僕の魂は未だに穢れたままだ――おそらく、それは奴も同じで、命を中途半端に持っている状態なのだろう。

であるならば、まだ殺すチャンスはある。

「お前も力を合わせろ」

「は、はい！」

僕と重ねた手からアネモネも力を注ぎ込む。

僕の影に彼女の光が交わり、番えた矢は白と黒の歪なまだら模様を描いていく。

そうしてふたりで矢に力を注ぐ間にも、目の前で花弁の盾は散っていた。

残る花弁はあと一片。

「本当にいいのか……？」

光陰の矢を引き絞りながら僕は問う。

「僕は死ぬまでお前じゃない女性のことを覚えてる。それでも一緒にいたいのか？」

「今の私がそうしたいんですから、とりあえず今はそれでいいんです。それに——」

そこで彼女はクスッと笑う。

「——未来のことは分からないじゃないですか」

僕はつまらない心配をしたことに苦笑する。

「そういう逞しいところは彼女にそっくりだよ」

そして、最後の花弁が割れると同時に、僕らはギリギリまで引き絞った矢を放った。

矢は闇の中心を穿つと、その濁流を吹き飛ばし、光の軌跡を残しながらまっすぐに突き進む。

全ての闇を祓い退けて突き抜けた矢は、そのまま罪華の嗤い声にトドメを刺した。

「……r………l……b………」

望まぬ命を持ってしまった罪華は最期に泣くような嗤うような呻き声を遺し、やがて塵となって完全に消える。

そうして闇が晴れた空の上から、やさしい月の光が僕らを照らしてくれていた。

終章
—彼女が死んで×××日—

WELL, I'LL BE DEAD IN
ONE YEAR.

嗤う罪華を討ってから早数日。

僕はアネモネと一緒にお台場のクリスマスイルミネーションを見に来ていた。

「燐様ー早く早くー」

「はいはい」

今日が誕生日ということで「どこへ行きたい?」と尋ねたら、僕には場違いなここへ連れてこられてしまった。

「わあ~綺麗ですね！　あっ、あっちもスゴい綺麗です！」

煌びやかな夜景をキラキラした目で見つめながら、アネモネは僕をあっちこっちへ引っ張り回す。

その様子はカップルだらけの周囲からは浮いていて、どことなく気恥ずかしい。

早くも帰りたくなってきたが、今日一日は彼女に付き合う約束だ。僕は自分の口元をマフラーで隠しながら、彼女と一緒に海浜公園を練り歩いた。

「ふぅ……」

マフラーの下から白い息を吐き、暗い海を見つめて少し物思いに耽る。

結局、無断出撃の件は嗤う罪華の討伐とで功罪相殺となり、アネモネ共々大きなお咎めはなかった。

その裏には現救世主の口添えがあったとかなかったとか。

風花の後釜として総司令に連れてこられた彼女……あの子がなぜ僕に味方してくれたのかは不明だ。もしかしたら夏に彼女が行きたいと言った祭りに連れて行ったことのお返しかもしれない。

もしまた『恋人』役なんてやらされたらどうしようか？　次こそ総司令を殺してやろうか。それとも今度こそ地の果てまで逃げてやろうか。

「燐様？　どうしたんですか、ボーッとして？」

「いや……くだらないこと考えてた」

「そうですか。あっ、観覧車乗りましょうよ」

「元気だな、ホント」

僕はふたり分の料金を払い、彼女と同じゴンドラに乗った。

「うわぁ～～」

アネモネは窓にベッタリと貼りついて外を眺めている。

僕はそんな彼女の対面に座りながら、提げたポーチから丸めたノートを取り出した。

「燐様？　何してるんですか？」

アネモネが目敏くそれを見つけ、ちゃっかり僕の隣に移動してくる。

「ん……これか」

これは風花がつけていた『救世主ノート』だ。

アパートの瓦礫の下から奇跡的に見つかった一冊のノート。

アネモネが見たそうにしているので、試しに最初のページを開いてみせた。

そこには……。

「『死ぬまでにやりたいこと』……いっぱい書いてありますね」

「ああ……」

中には僕も一緒にやったことが沢山書いてあって、チェックがつけられている。

もう二、三ページ捲ると、今度は実際にやった感想が書かれたページが始まる。ひと言で済まされた出来事もあれば、数ページに跨って書いてあるものもあり、生前の彼女が何を思っていたかが偲ばれる。

「……」

僕はそのノートをパラパラと捲り、半分を過ぎた辺りの目的のページで手を止めた。

「あっ……」

隣で見ていたアネモネが小さく声を漏らした。

その途中のページには、新しい項目が追加されていた。

ページの上の余白に書かれているのは──『燐とやりたいこと』。

日付は書かれていないが、夏のイベントが何もないところを見ると、おそらくこれを追加し始めたのは秋のはじめ頃だろう。

その中にはチェックがついたものもあれば、ついてないものも沢山ある。

『後夜祭で……』の後ろは消した跡があり、それを見ると胸に切ないものが湧いてくる。

僕は数秒『後夜祭』の文字を見つめたあと、そのずっと下に書いてある項目に視線を移す。

『燐とお台場のクリスマスイルミネーションを見たい』

そう書かれた項目の頭に、僕は小さくチェックを入れた。

感想は書かない。このノートは風花のものだから。

僕はそのままノートを閉じる。

こんなことをするのに大きな意味はない。けど、このノートを見つけた時、未チェックの項目を埋めていきたいと思ったのだ。

彼女がやりたかったことを……僕とやりたいと願ってくれたことを……本当は、彼女が生きている時に叶(かな)えてあげたかったけど…………。

「ジィィー」

「……何だよ？」

「別にー、です」

頬にチクチク視線を感じたので軽く睨み返すと、ジトジトした声で返事をされ、プイッとそっぽを向かれた。

はぁ、まったく……ゆっくり感傷に浸るのも難しい。

でもきっとこのくらいでいいのかもしれない。

風花はずっと覚えていて欲しかったとしても……ずっと僕が泣き続けることを、彼女は望まないはずだから。

だから胸に幾許かの寂寥感を覚えながら、僕は今日も彼女のことを思い出す。

「燐様」

「何だ？」

「いつかそのノートのチェックが終わったらどうするんですか？」

「これが終わったら？」

それはとても寂しいことだけど、いつか終わりはやってくる。

「そうだな……」

復讐も終えて何にもなくなった僕がこのノートを全部埋め終わったら――そうしたら

今度は、僕が彼女とやりたかったことでも探しに行こうか。
その時は、まだ僕といてくれたなら、アネモネも一緒に。

―了―

あとがき

はじめましての方ははじめまして。お久しぶりの方はお久しぶりです。なめこ印です。
この度は『私、救世主なんだ。まぁ、一年後には死んでるんだけどね』を手に取っていただきありがとうございます。

いやぁ、十年くらいこのお仕事をさせていただいてますが、未だにあとがきを書くのが苦手です（笑）。身構えるというのも変ですが、自分の言葉で何かお伝えするというのがなかなか。

まあそれはともかく今作の内容について少し。

今作は小さな青春の只中で大きな使命を背負わされた少年少女のためだけ――ただそれだけのための物語になっています。キャラクター自体は複数登場しますが、本文の約九万文字は主人公とヒロインのたったふたりだけのためにあるといっても、決して過言ではありません。

自分のことを書くのが苦手な分、このふたりの感じたものや気持ち、もがく有り様やどうにか遺(のこ)したかった傷跡が伝わればと書かせていただきましたので、その一片でも皆様の心のどこかにひっかき傷を作れればと思います。

それでは最後に謝辞を。

まずは担当の伊藤(いとう)様。今作を書き上げるまでに何度も根気強く打ち合わせしていただき、まことにありがとうございます。お陰様で満足いくものを書き上げることができましたので、どうかこれからもよろしくお願い致します。

次にイラストレーターの珀石碧(はくいしあおい)様。この度はイラストを引き受けていただきまして、まことにありがとうございます。上げていただいたキャラデザやイラストはどれも文句の付け所のない物ばかりでした。どうか今後ともよろしくお願いします。

最後にこの本を出すにあたり、ご尽力くださった編集部の方々、表紙のタイトルロゴなどを作ってくださったデザイナー様、各書店を回ってくださった営業様、本を書店に卸してくださる流通様、本を置いていただく書店様並びにそこで働く書店員の皆様、お陰様で無事に拙作を読者の皆様の許(もと)へお届けすることができました。いつも本当にありがとうございます。

そして、もちろんこの本を手に取って読んでいただいた読者の皆様に最大級の感謝を。

どうか本作を末永く応援よろしくお願い致します。

それでは。

２０２２年5月某日　なめこ印

私、救世主なんだ。まぁ、一年後には死んでるんだけどね

令和４年７月20日　初版発行

著者――なめこ印

発行者――青柳昌行
発　行――株式会社KADOKAWA
〒102-8177
東京都千代田区富士見2-13-3
0570-002-301（ナビダイヤル）
印刷所――株式会社暁印刷
製本所――本間製本株式会社

※定価はカバーに表示してあります。
●お問い合わせ
https://www.kadokawa.co.jp/（「お問い合わせ」へお進みください）
※内容によっては、お答えできない場合があります。
※サポートは日本国内のみとさせていただきます。
※Japanese text only

ISBN978-4-04-074613-5 C0193　◇◇◇

これは世界を救う

久遠崎彩禍。三〇〇時間に一度、滅亡の危機を迎える世界を救い続けてきた最強の魔女。そして——玖珂無色に身体と力を引き継ぎ、死んでしまった初恋の少女。

無色は彩禍として誰にもバレないよう学園に通うことになるのだが……油断すると男性に戻ってしまうため、女性からのキスが必要不可欠で!?

シン世代ボーイ・ミーツ・ガール!

王様のプロポーズ 1

King Propose

橘公司
Koushi Tachibana

[イラスト]——つなこ

最強の初恋
シリーズ
好評発売中!
ファンタジア文庫